___________ 님께 드립니다.

부모 된 것을 축하합니다.
때마다 일마다 하나님께서 간섭하시고
순간순간마다 성령님의 지혜가 임하시길 빕니다.
당신의 기도가 자녀에게 축복의 통로가
될 것을 믿으며 드립니다.

"내가 온 것은 양으로 생명을 얻게 하고
더 풍성히 얻게 하려는 것 이라"
요한복음 10장 10절

___________ 드림

부모님의 테마기도

자녀를 성공시키는
부모님의 테마기도

박응순 지음

참된 부모가 되게 하소서

하나님 아버지!

저로 하여금 참된 부모가 되게 하시고, 자녀를 잘 이해할 수 있는 지혜를 허락하여 주소서.

자녀의 이야기를 잘 들을 수 있는 귀를 열어 주시고, 자녀의 질문에 자상하게 대답할 수 있는 마음을 주옵소서. 자녀의 말을 가로막거나 반박하여 자녀의 마음이 닫히지 않게 하여 주소서. 자녀와 말이 통하는 부모가 되게 하소서.

자녀가 저를 공경하기를 바라듯이, 먼저 자녀에게 인격적으로 대하게 하시고, 자녀의 실수를 지나치게 탓하지 말게 하시고, 창피를 주거나 무안을 주어 그들의 마음에 상처를 받지 않게 하소서. 바른 길로 인도하기 위하여 사랑의 채찍을 들 수 있는 용기를 주소서.

제 욕심을 앞세워 그들에게 무엇을 강요하거나 권위를 내세워 그들을 벌하지 말게 하소서. 저 때문에 자녀들이 악의 유혹에 빠지지 않게 하여 주소서.

자녀로 하여금 자신의 일을 스스로 할 수 있는 기회를 빼앗지 말게 하시며, 자녀가 스스로 결정할 수 있는 능력을 키워 그리스도의 분량에까지 이를 수 있도록 도와주소서.

자녀의 정당한 요구를 모두 인정할 수 있는 관대함을 허락하시고, 자녀에게 해롭다고 여겨지는 요구를 거절할 수 있는 용기를 주소서.

저로 하여금 올바르고, 다정하고, 지혜로운 부모가 되게 하시고, 자녀들이 본받을 수 있는 모범된 생활을 할 수 있도록 해 주소서.

예수 그리스도의 이름으로 기도합니다. 아멘.

차 례

서문을 대신합니다 참된 부모가 되게 하소서

제1부 이런 부모가 되게 하소서

콩심은 데 콩나고…_015

권위와 사랑이 있는 부모_020

믿음을 주는 부모_024

가치관이 확실한 부모_027

약속은 꼭 지키는 부모_030

가족과 함께 하는 부모_034

정원사 같은 부모_038

자녀를 성공시키는 부모_041

잠재능력을 깨워주는 부모_044

자격증이 있는 부모_048

공부하는 부모_051

말이 통하는 부모_054

신앙의 본이 되는 부모_058

차별하지 않는 부모_061

자립심을 키우는 부모_065

창의성을 길러 주는 부모_068

칭찬을 잘하는 부모_071

효를 가르치는 부모_075

사랑의 채찍을 드는 부모_079

비판하지 않는 부모_083

기를 세워 주는 부모_086

가치를 발견하도록 돕는 부모_090

갈등을 이기도록 돕는 부모_094

자녀의 감정을 이해하는 부모_098

감수성을 길러 주는 부모_102

EQ를 높여 주는 부모_105

기질을 잘 알고 돕는 부모_111

강박관념을 이기도록 돕는 부모_115

친구를 만들어 주는 부모_118

강화를 잘 하는 부모_121

제2부 이런 자녀가 되게 하소서

남이 오면 드세지는 자녀를 위하여_131

공격적인 자녀를 위하여_135

감정을 조절할 수 있는 자녀_139

스트레스를 잘 극복하도록_144

불안과 공포를 이기도록 _148

공주병과 왕자병이 있는 자녀들을 위하여_152

모방하는 자녀를 위하여_156

도벽이 있는 자녀를 위하여_160

반항하는 자녀를 위하여_163

좋은 버릇을 들이기 위하여_166

기억력을 좋게 하기 위하여_169

콤플렉스 극복을 위하여_173

열등감을 극복을 위하여 _175

욕구좌절을 이기도록_178

남의 탓을 하는 자녀를 위하여_181

피터팬과 키덜트를 위하여_184

꿈을 갖게 하기 위하여_187

꿈을 이루도록 하기 위하여_192

위기를 극복하는 자녀를 위하여_196

자기중심성에서 벗어나기 위하여_199

시기와 질투심을 버리기 위하여_202

올바른 진로 결정을 위하여_205

올바른 성격 형성을 위하여_208

가치관 형성을 위하여_215

자아정체감 형성을 위하여_218

자아존중감을 키우기 위하여_221

바람직한 변화를 위하여_225

좋은 친구를 사귀기 위하여_228

학습에 대하여 고민하는 자녀를 위하여_231

학습 부진아를 위하여_235

학습동기 유발을 위하여_240

자기와의 싸움을 이기도록_243

자기주장이 분명한 자녀_245

이기적인 자녀_248

의존적이고 자신감이 없는 자녀_251

때리는 자녀, 맞는 자녀_255

발표력이 떨어지는 자녀_259

열매 맺는 자녀가 되도록_263

제3부 잠언의 교훈 세 편

올바른 신앙교육 / 잠언 22:4-6_269

성경과 자녀교육 / 잠언 23:13-14_274

아버지와 어머니의 존재 / 잠언 23:25_279

자녀가 가장
좋아하는 음식은?

자녀가 손으로
가장 잘하는 것은?

이곳에 자녀의
사진을 붙이세요.

자녀가 제일 가고
싶어 하는 곳은?

자녀가 가장 배우고
싶어 하는 것은?

제1부
이런 부모가 되게 하소서

콩심은 데 콩나고…

자녀가 태어나서 가장 먼저 만남이 이루어지는 곳은 가정이고 만나는 대상은 부모입니다. 그러기에 가정은 최초의 학습의 장이며 부모는 삶의 모델이 됩니다.

자녀들이 부모의 언행을 닮은 것은 닮고 싶어서가 아니고 무의식 중에, 자기도 모르는 사이에 닮게 되는 것입니다.

가끔 부모들이 자녀의 엉뚱함이나 모자람에 대하여 부부 간에 "누구를 닮아서 이러냐?"고 책임을 전가하기도합니다. "콩심은 데 콩나고, 팥심은 데 팥나는" 법입니다.

자녀 교육의 지름길은 부모 스스로 자녀들에게 가장 모범적이고 훌륭한 삶의 모범을 보이는 데 있습니다. 자녀들은 가르치는 대로 행하는 것이 아니라 보는 대로 행한다는 것을 명심해야 합니다.

자녀는 부모가 교육시키는 것이 아니라, 자녀들이 그 부모의 삶을 닮아 가는 것입니다. 부모의 의식과 가치관과 삶의 모습이 자녀들에게 그대로 전달되는 것입니다. 부모된 우리는 우리의 모습을 객관적으로 음미하고 반성해 보아야 할 것입니다.

우리 자녀 이해하기

■ 다음 글을 읽으면서 자녀에 대하여 늘 그렇게 느끼고 있었다고 생각하면 '예', 그렇게 느끼고 있지 않았다고 생각하면 '아니오'에 ○표를 하십시오.

1. 나의 자녀는 지금의 자신보다 다른 사람이 되고 싶어 한다.	(예, 아니오)
2. 나의 자녀는 학급의 친구들 앞에서 말하기를 매우 어려워한다.	(예, 아니오)
3. 만일 할 수 있다면 내 자녀를 변화시키고 싶은 것이 많다.	(예, 아니오)
4. 나의 자녀는 새로운 것에 익숙해지려면 꽤 오랜 시간이 걸린다.	(예, 아니오)
5. 나의 자녀는 때때로 자신을 싫어하는 경우가 있다.	(예, 아니오)
6. 요즘 나의 자녀는 여러 가지 생각으로 머리가 복잡하고 어수선하다.	(예, 아니오)
7. 나의 자녀는 자신을 그다지 신용하고 있지 않다.	(예, 아니오)
8. 나의 자녀는 사귀어 보면 매우 재미있는 사람이라고 생각한다.	(예, 아니오)

9. 나의 자녀는 친구들이나 같은 또래에서 인기가 있는 사람이다.	(예, 아니오)
10. 나의 자녀는 자신의 외모에 만족한다.	(예, 아니오)
11. 나의 자녀는 말하고 싶은 것이 있으면 그것을 말해 버린다.	(예, 아니오)
12. 다른 사람에 비해 많은 사람들이 나의 자녀를 좋아하는 것 같다.	(예, 아니오)
13. 나의 자녀는 의지가 강한 사람이라고 생각한다.	(예, 아니오)
14. 나의 자녀는 힘든 일도 잘 참고 해낸다.	(예, 아니오)

■ 아래의 글을 읽고 점수를 계산해 봅시다.

채점: 1번부터 7번까지는 "아니오"에 O표를 한 수를, 8번 이후는 "예"에 O표를 한 수의 합계가 자신의 득점입니다.

1문항당 1점입니다. 11점 이상이면 긍정적 자녀 개념(자녀에 대해서 좋게 생각하는 사람)이 높은 사람입니다.

■ 나는 자녀에 대해 긍정적 자녀개념이 높은가요, 낮은가요?

■ 자녀의 좋은 점은?

①

②

③

■ 자녀의 나쁜 점은?

①

②

③

■ 자녀가 나의 어떤 점을 닮았는지 생각해 봅시다.

■ 좋은 점을 닮은 것은?

①

②

③

■ 나쁜 점을 닮은 것은?

①

②

③

사랑이신 하나님!

이 시간 제 자신을 돌아보게 하여 주소서.

부모가 되게 하시고, 귀한 자녀를 주신 것 감사 드립니다. 하나님의 자녀로 양육할 수 있도록 지혜를 주소서.

심은 대로 거둔다고 하신 말씀을 기억합니다. 자녀에게 하나님의 사랑을 전하게 하시고, 하나님의 말씀을 심어 주는 부모가 되게 하소서.

말씀 속에서 성장하게 하시고, 말씀을 따라 살아가는 부모가 되게 하소서.

예수님의 이름으로 기도합니다. 아멘.

권위와 사랑이 있는 부모

오늘날 우리 가정의 큰 문제 중 하나는 가장인 아버지의 권위가 사라졌다는 사실입니다. 아무리 세상이 변하여 남녀평등사회가 되었다고는 하지만, 아버지에게 그 가정을 운행해 나갈 수 있는 권위와 능력이 없다면, 그 가정은 결국 방향을 잃고 표류할 수밖에 없을 것입니다. 여기서 말하는 권위란 감화와 설득으로 식구들의 마음을 움직이게 하는 정신적인 권위를 말합니다. 땅에 떨어진 가장의 권위와 통솔력을 회복하려면 아버지들은 먼저 자신감부터 회복해야 될 것입니다.

아버지에게 권위가 필요한 것은 첫째로 가정의 기강과 질서를 바로 잡아야 되기 때문이며, 둘째는 아들이 보고 따를 남자의 모델이 되어야 하기 때문입니다. 요사이 남자애들이 자신이 없고 무책임한 이유는 가정에서 아버지가 권위와 자신감을 잃었기 때문입니다. 셋째는 자녀들의 정서적 안정을 위해서입니다. 아버지는 가정의 기둥이며 가족들의 정신적 울타리이며 보호막입니다. 이 울타리가 무너지면 자녀들의 정신적 기초는 흔들릴 수밖에 없습니다.

아버지가 가정에서 가장의 권위를 갖게 되려면 어머니의 세심한 배려와 도움이 절대적으로 필요합니다.

　탈무드에서 보면 유태인의 어머니는 이 세상에서 가장 아버지의 권위를 살려주는 훌륭한 아내의 길을 걸었다고 할 수 있습니다. 아무리 변변치 못한 아버지라도 어머니가 자녀들 앞에서 그를 항상 윗자리에 모시고 가정의 중요한 문제의 최종 결정은 아버지에게 맡기는 태도를 보이면 아버지의 권위는 자연히 올라가게 될 것입니다. 따라서 가장으로서의 아버지는 온 가족을 이끌어 나가는 중추적 인물로 정신적, 경제적 의무를 다하면서 중요한 가정사의 결정을 내려야 될 것입니다. 아버지는 가정의 정책 입안자 겸 결정권자이며, 어머니는 그 정책을 수행함과 더불어 일을 처리하는 과정에서 자녀에게 사랑과 자애로움을 듬뿍 주는 현모양처의 길을 걸어야 할 것입니다.

　자녀들이 어머니에게 바라는 것은 무엇보다도 아름답고 다정한 어머니, 그리고 아버지의 현명한 내조자로서의 아내가 되어달라는 것입니다. 좋은 아내가 되지 않으면 부부 관계가 원만하지 않고, 결과적으로 자녀들이 건전하게 자랄 수 없습니다. 훌륭한 자녀는 좋은 아내와 자애로운 어머니 밑에서 성장할 수 있습니다.

부모로서 자신을 돌아보기

■ 부모의 권위를 위하여 내가 자녀에게 해야 할 일은 무엇인가?

부모의 기도

우리의 삶을 주관하시는 하나님!

부모가 되어 자녀에게 무엇을 요구하거나 기대할 것이 아니라, 제 사명을 바르게 깨닫게 하시고 자녀에게 본이 되는 삶을 살게 하소서.

훌륭한 사람은 훌륭한 부모 밑에서 나온다는 것을 기억하오니, 무엇보다도 자녀에게 부모의 장점을 보이게 하시고, 서로 사랑하는 모습을 보여 주게 하소서.

자녀를 온전히 하나님의 사랑으로 사랑하게 하시고, 부모로서의 권위를 내세우는 것이 아니라, 자녀가 부모를 사랑하고 존경함으로써 권위를 갖게 하소서.

부모로서 자녀를 존중하고 사랑함으로 바른 훌륭한 성품을 가지도록
지도하는 부모가 되게 하소서.

예수님의 이름으로 기도합니다. 아멘.

믿음을 주는 부모

자녀가 공부를 혼자 하다가 잘 모르는 것이 있어서 어머니께 가지고 왔습니다. 어머니가 아무리 들여다보아도 알 수가 없습니다. 이때 어떤 어머니는 솔직하게 "엄마도 잘 모르겠구나. 함께 생각해 보자."라고 하는가 하면, 다른 어머니는 "나 지금 바빠."라고 하며 그 자리를 회피하는 경우가 있습니다.

우리의 자녀들이 부모에게 진정으로 바라는 것은 정직한 대답과 성의 있는 도움이지 결코 많이 아는 것이 아닙니다. 부모로서 우리는 많이 알고 있는 학자가 되기 보다는 한 사람의 소박한 인간이 되도록 노력하지 않으면 안됩니다.

때로는 딸자녀가 밤늦게 들어오는 경우도 있습니다. 그러나 부모는 딸자녀의 생각과 행동, 그리고 자녀의 모든 판단력과 가치관을 믿어야 합니다. 부모가 자녀를 믿어 주지 않으면 누가 믿어 주겠습니까?

자녀들에게 값진 옷을 입히고, 맛있는 것을 먹이고, 많은 용돈을 주는 것이 부모의 할 일이 아니라, 자녀들의 인격을 믿고 그들의 자존심에 상처를 주지 않는 것이 더욱 중요한 일이라고 생각합니다.

무엇보다 중요한 것은 자녀들 앞에서 꾸밈없이 살아가는 우리의 삶입니다. 부하든, 가난하든, 배웠든, 못 배웠든 가진 그대로 살고, 아는 그대로 말하고 있는 그대로 보이는 정직한 삶을 사는 일입니다. 우리는 자녀들 앞에서 모르는 것을 아는 체, 없으면서도 있는 체 하는 부모가 되지 않아야 합니다.

부모로서 자신을 돌아보기

■ 내가 자녀 앞에서 버려야 할 가식된 것들은 무엇인가?

부모의 기도

믿음의 주가 되시는 하나님!

이 세상은 죄악으로 말미암아 인간관계에 있어서 믿음을 잃고 서로 의

심하며 살아가는 세상이 되었습니다. 자녀에게는 서로 믿고 사랑하는 세상이 되게 하여 주소서.

또 먹고 살기 바쁜 세상이라고 자녀에게 소홀히 하고, 관심을 가져 주지 못한 때도 많습니다. 용서하여 주시고, 더욱 자녀와 함께하는 부모가 되게 하소서.

무엇보다도 자녀 앞에서 정직한 부모가 되게 하시고, 인격적으로 살아가게 하소서. 이웃관계에서도 서로 믿음을 보이고, 수용하는 삶을 살게 하소서. 자녀들도 본받아 서로 믿고 의지하며 살아가는 아름다운 세상이 이루어지게 하소서.

예수님의 이름으로 기도합니다. 아멘.

가치관이 확실한 부모

부모가 가정생활에서 언행을 통하여 은연중 나타나는 가치관은 자녀에게 이루 말할 수 없는 영향을 끼치게 됩니다.

돈과 물질의 풍요보다는 정신과 마음과 뜻의 풍요를 이루는 삶이 되어야 할 것입니다. 돈과 물질은 있다가도 없어질 수 있고, 없다가도 갖게 될 수가 있지만 정신적인 황폐는 짧은 시간에 이루어질 수 없을 뿐만 아니라 쉽게 회복될 수가 없기 때문입니다.

돈만을 물려주고 사치와 허영만을 조성해 준다면 그들에게 돈이 없어질 경우 부모를 살해하면서까지 돈을 추구한 제2, 제3의 박한상은 얼마든지 존재할 수 있는 것입니다. 물질적인 가치를 물려주기보다는 정신적이고 신앙적인 가치관을 심어 주는 것이 중요합니다.

요즘 우리 사회는 부모의 꿈은 있어도 자녀 자신의 꿈은 없는 것 같습니다. 자녀들이 어떤 적성을 갖고 무슨 이상을 갖고 있든 부모의 설계대로 그들을 맞추어 가려는 부모들이 우리 주위에는 너무나 많은 것 같습니다. 그러나 자녀들은 부모의 종속물이 아니며, 부모의 체면을 위해 살아야 할 의무도 없습니다.

자녀들에게는 자기의 이상, 자기의 꿈, 자기의 사랑을 위하여 살아갈

수 있는 자유와 권리가 있습니다. 우리는 무엇보다 먼저 이것을 인정해
주어야 합니다.

■ 나의 가치관은 무엇인가?

■ 나는 자녀가 어떤 인물이 되기를 바라는가?

우리 인생의 목적이 되신 하나님!

우리가 세상을 살아가는 진정한 의미를 깨닫게 하여 주소서. 부모된 자로서 하나님을 사랑하며, 하나님 우선순위의 가치관을 가지고 살아갈 수 있도록 하여 주소서.

돈과 물질의 풍요보다는 정신과 마음과 뜻의 풍요를 이루는 삶이 되게 하시고, 물질적인 가치보다도 정신적이고 신앙적인 가치관을 심어 주는 부모가 되게 하여 주소서.

먼저 하나님을 사랑하며, 하나님이 주시는 꿈과 이상을 가지고 그것을 실현하며 살아갈 수 있도록 인도하여 주소서.

예수님의 이름으로 기도합니다. 아멘.

약속은 꼭 지키는 부모

우리가 생활을 하다보면 엉겁결에 약속을 해놓고 지키지 못하는 경우가 많습니다. 그러나 약속의 불이행으로 부모를 불신하게 되고 그 불만과 불신이 쌓여 자녀들의 마음에 상처와 응어리를 만들고, 성격이 빗나가는 자녀로 자라게 됩니다.

그러므로 자녀와의 약속은 어른과의 약속보다 훨씬 더 중요합니다. 그 이유는 자녀들과의 약속을 안 지키는 것은 부모를 비롯하여, 어른들 나아가 모든 인간에 대한 불신을 가져오는 결정적인 역할을 하기 때문입니다.

러시아의 문호 톨스토이가 말을 타고 여행을 떠났을 때의 일입니다. 시골길을 지나다가 7~8세 되어 보이는 귀여운 소녀가 엄마와 함께 서 있는 것을 보게 되었는데, 이 자녀는 톨스토이가 가지고 있는 백합꽃 수가 놓인 가방을 보고 갖고 싶어서 엄마에게 졸라대기 시작했습니다. 톨스토이는 그 자녀가 졸라대는 것이 무엇인지를 알면서도 그대로 지나쳐 버렸다가 되돌아와서는 소녀에게 여행을 마치고 돌아가는 길에 틀림없이 줄 터이니 울지 말고 기다리라고 했습니다. 그 가방은 친지의 유품인 소중한 기념품이었으나 톨스토이는 소녀를 사랑하는 마음에서 약속을 했던 것입니다.

톨스토이는 여행을 마치고 돌아오는 길에 그 시골길로 돌아와 소녀의 집을 찾았습니다. 그런데 그 소녀는 불행하게도 톨스토이와 헤어진 후 급한 병으로 죽게 되어 조금 전에 장례식을 끝낸 뒤였습니다. 톨스토이는 소녀의 모친에게 부탁하여 소녀의 묘지까지 안내해 달라고 했습니다. 그리고는 자기의 가방을 소녀의 무덤 앞에 놓고 엄숙한 마음으로 기도를 드렸습니다.

소녀의 엄마는 눈물을 닦으면서 톨스토이에게 이젠 자녀가 죽었으니 필요가 없으니 그냥 가지고 가라고 했습니다. 그러나 톨스토이는 소녀와의 약속은 아직 마음에 남아 있으므로, 그 약속을 배반하고 싶지 않다고 했습니다.

자녀와의 약속은 아무리 작은 것이라도 꼭 신경을 써서 지켜 주어야 합니다. 자녀가 약속을 잊은 경우라도 어머니는 기억하여 약속을 지켜 주어야 합니다. 그랬을 때 그 자녀는 마음 속으로 이 세상에서 우리 엄마가 최고라고 외칠 것입니다. 우리 자녀들은 약속을 잘 지켜 주는 어머니와 아버지를 존경하고 신뢰하고 사랑합니다.

■ 내가 자녀와 한 약속들은 어떤 것들인가?

■ 자녀와의 약속을 지키지 못한 것들은 무엇인가?

약속을 지키시는 하나님!

우리를 구원하시고, 하늘의 영광을 약속하여 주시니 감사 드립니다. 우리 자녀에게도 하나님 나라의 영광을 누리도록 약속을 주소서.

세상 사는 동안에 많은 약속을 하게 됩니다. 특히 자녀와 하는 약속을 반드시 지킬 수 있는 부모가 되게 하여 주소서.

약속을 지키지 않는 부모는 자녀에게 신뢰를 얻지 못하며, 존경을 받을 수 없음을 아오니 신의를 지키는 부모가 되게 하여 주소서.

예수님의 이름으로 기도합니다. 아멘.

가족과 함께 하는 부모

　현대사회는 부모는 부모대로, 자녀는 자녀대로 얼굴 보기가 힘들 지경입니다. 그럴수록 가족들이 함께 앉아 오순도순 이야기를 나누는 기회를 마련해야 합니다. 그 속에서 따뜻하고 끈끈한 가족애가 생기게 되고 가족의 소중함을 더욱 의식하게 되는 것입니다.

　우리 가정의 계획이나 꿈도 이야기하고 아버지가 바라는 자녀관도 들어 보고 자녀들의 학업 성적이나 생활 태도나 어려움도 나누어 볼 수 있는 대화의 기회가 꼭 있어야 합니다. 가족 상호 간의 교류가 이루어지지 않고 정겨운 가정이 아니라는 느낌이 들 때 자녀는 가정이 아닌 밖의 세계에서 방황하게 되고, 방황은 탈선과 비행을 불러오게 됩니다. 결국 가정의 파멸이 올 수밖에 없는 것입니다.

　가화만사성(家和萬事成)이라는 말을 많이 합니다. 가정이 화목하면 모든 일이 뜻하는 대로 잘 이루어질 것입니다. 우리의 주위에는 자녀 교육을 지나치게 의식하고 자녀에게 많을 것을 기대하는 가정이 많습니다. 이런 가정은 가족과 함께 여가 시간을 보낼 수가 없습니다. 자녀에게 정신적인 큰 부담을 주면서 몰아 세워야 하기 때문입니다. 또한 그런 자녀들은 가족이나 이웃과의 순수한 인간관계를 가질 수가 없는 것입니다. 이런 자녀들은 대부분이 경쟁만을 배우고 이기는 것만을 강요받기 때문입니다.

자녀와 함께 여행을 하기를 원합니다. 여행을 하면서 많은 것을 보고 듣고 생각하는 시간을 가질 수 있고, 새로운 경험을 얻게 됩니다. 무엇보다도 서로를 알아가는 좋은 기회가 될 수 있습니다.

부모로서 자신을 돌아보기

※ 다음의 각 항목에 대해서 "그렇다, 아니다, 잘 모르겠다" 중 하나에 표시해 주십시오.

항 목	그렇다	아니다	모르겠다
1. 나는 나의 어떤 감정과 생각을 그대로 표현할 수 있다.			
2. 나는 나만의 꿈과 독창성을 지니고 있다.			
3. 나는 배우자와의 갈등을 대화로 원만하게 해결한다.			
4. 나는 형제 간에 우애 있는 생활을 한다.			
5. 나는 나의 이웃을 잘 알고 있다.			
6. 나는 친구와의 약속을 잘 지킨다.			

항 목	그렇다	아니다	모르겠다
7. 나는 웃어른들을 예의바르게 대한다.			
8. 나는 웃어른과의 대화에서 웃어른의 권위를 인정한다.			
9. 나는 장애인을 만나 이야기하는 것을 어려워 하지 않는다.			
10. 나는 나와 가치관이 다른 사람과도 적대시 하지 않고 잘 지낸다.			
11. 나는 환경보호를 위해 노력한다.			
12. 나는 자연의 아름다움을 즐긴다.			

■ 자녀들과 함께 하지 못하는 이유는 무엇인가?

■ 자녀들과 함께 하고 싶은 일들은 무엇인가?

인자하신 아버지 하나님!

우리 가족이 늘 주님과 함께 하며 화목하게 살아갈 수 있도록 도와주옵소서.

자녀들과 함께 즐겁게 웃으며 대화할 수 있게 하시며, 서로의 생각을 나눌 수 있는 식구들이 되게 하소서.

어려운 일이나 힘든 일도 서로 나누어 지게 하시고, 서로 위하여 기도하는 가족들이 되게 하소서.

우리 가정이 이웃에 믿음의 본을 보일 수 있게 하시고, 자녀들이 가정을 통하여 가족의 소중함과 화목하게 살아가는 방법을 배울 수 있도록 도와주소서.

예수님 이름으로 기도합니다. 아멘.

정원사 같은 부모

그동안 우리 사회는 획일적인 교육 방식에 따라 마치 공장에서 물품을 제작해내듯이 비슷한 모습의 비슷한 생각을 가진 사람들을 생산해 왔습니다. 가정에서도 마치 개개의 물품을 조작하고 빚어내듯이 자녀들을 부모의 잣대로 재고 또 부모의 틀에 맞춰 규격화하고자 하는 시도들이 빈번히 있어 왔습니다.

자녀들은 공장에서 만들어져 나오는 똑같은 제품들처럼 부모가 원하는 대로, 사회가 요구하는 대로 만들어지는 존재가 아닙니다. 더구나 자녀들은 부모의 소유물도 아닙니다. 자녀들도 인간으로서의 기본권을 행사하고 또 향유하며 살아갈 수 있는 권리 주체로 인식하고, 이를 보호하고 존중해 주고자 하는 마음을 가져야 합니다.

자녀의 가능성을 신뢰하면서 그 스스로 자생력을 갖고 성장할 수 있도록 여건과 환경을 조성해 주면서, 인내심을 갖고 기다리고 지원해 주는 부모의 자세가 필요합니다.

자녀들을 가리켜 새싹이라고도 하고 꽃봉오리라고도 합니다. 새싹이 꽃을 피우려면 적당한 습도와 충분한 영양과 따뜻한 햇볕이 있어야 합니다. 빨리 꽃을 피우려고 거름을 주고 물을 주면 오히려 뿌리가 썩어 시들

시들 죽고 말 것입니다. 자녀는 부모가 만드는 것이 아니라 스스로 당당
하게 자라서 꽃피는 아름다운 나무입니다. 자녀들은 자신의 향기와 모양
으로 꽃피우고 싶어 합니다.

그러므로 부모는 때마다 물을 주고, 잡초를 뽑아 주고, 벌레를 잡아 주
며, 꽃들이 성장하는 것을 애정과 관심을 가지고 지켜 보는 정원사와 같
은 부모들이 되면 좋을 것입니다.

부모로서 자신을 돌아보기

■ 내가 정원사로서 자녀들에게 해 줄 것은 무엇인가?

사랑이 풍성하신 아버지 하나님!

이 세상을 아름답게 창조하시고 우리들을 세상에 살게 하시니 감사합니다. 하나님이 창조하신 세상을 아름답게 볼 수 있는 눈을 주소서. 또한 우리 자녀들도 세상을 바라볼 때, 아름답게 볼 수 있는 눈을 주소서.

하나님이 만드신 세상을 지금도 하나님은 가꾸고 계시오니, 우리들도 세상을 아름답게 가꾸고 보존할 수 있는 지혜를 허락하소서.

자녀를 양육함에 있어서 정원사와 같은 마음으로 마음을 아름답게 가꿀 수 있도록 하시고, 자녀의 마음에 하나님의 사랑을 풍족히 담을 수 있게 하소서.

그리하여 자녀 또한 세상을 아름답게 가꾸는 정원사가 되게 하여 주소서.

예수님 이름으로 기도합니다. 아멘.

자녀를 성공시키는 부모

머리가 좋아야 공부도 잘하는 것은 기정사실입니다. 공부하는데 필요한 능력을 갖추지 못하면 아무리 노력해도 능률이 오르지 못할 것입니다.

대개의 부모들은 자기 자녀들의 머리가 나쁘다는 말은 하지 않습니다. 자녀의 머리가 누구를 닮겠습니까? 엄마가 아니면 아빠의 머리를 닮지 않겠습니까? 그런대도 불구하고 자녀에게 모든 책임을 돌립니다. 때로는 자녀가 게을러서, 인내심이 부족해서, 끈기가 없어서 공부를 못한다고 몰아세우기 십상입니다만, 실제로는 그렇지 않고 아무리 노력해도 되지 않는 자녀들이라는 사실도 우리는 이해할 수 있어야 하겠습니다.

자녀들은 공부시간에 배우는 것이 이해가 잘 되지 않으니까 주위가 산만해지고, 공부에는 관심이 없게 되는 것입니다. 그 결과로 성적이 곤두박질하는 것입니다.

자녀들의 학습능력인 지적인 능력은 70~80%는 타고난다고 봅니다. 나머지는 환경의 영향이라고 볼 수 있습니다. 솔직하게 머리가 나빠서 공부를 못하는 자녀를 야단치고 협박한다고 해서 잘하는 것도 아닙니다. 오히려 자녀에게 열등감을 심어주게 되며, 성격이 비뚤어지게 되고, 급기야는 자녀를 문제아로 만드는 결과를 낳기도 합니다.

부모는 자녀의 머리를 객관적으로 평가하여 이를 인정하고 수용할 수 있는 아량이 필요합니다. 부모가 평균치를 내어서 자녀를 인정하는 것이 가장 현명한 부모입니다. 그리고 자녀를 위하여 도와줄 수 있는 것이 무엇인가를 진지하게 생각해 보는 것이 진정 자녀를 위하는 마음이 아니겠습니까?

가드너라는 학자는 자녀들은 여러 가지 다양한 재능을 가지고 있으며, 그 재능들 중에서 각자가 뛰어난 재능을 하나 이상은 가지고 태어난다고 보았습니다.

부모들은 자녀가 가지고 있는 특별한 재능을 찾아내어 그 재능을 발휘할 수 있도록 도와주는 것이 자녀를 성공의 길로 이끄는 길이라고 할 수 있습니다.

부모로서 자신을 돌아보기

■ 우리 자녀의 타고난 재능은 어떤 것들이 있습니까?

■ 내가 자녀의 재능을 길러 주기 위하여 해야 할 일들은 무엇인가요?

부모의 기도

사랑이신 하나님!

우리 자녀가 하나님께서 보시기에 참 좋은 자녀가 되게 하여 주소서.

어렵고 힘든 일이 있어도 다음으로 미루기 보다는 그 어려움을 헤쳐 나갈 수 있도록 하여 주소서.

새로운 생활을 시작하는 자녀들이 지금을 최고의 기회로 생각하고, 현재를 최고의 시간으로 활용할 수 있도록 하여 주소서.

무엇이든 최선을 다하는 마음으로 임하게 하시고, 힘들고 괴로워도 앞날을 위해 웃으면서 나아가게 하여 주소서.

하고 싶은 일을 할 수 있게 하시며, 자신의 일에 책임을 지는 자녀들이 될 수 있도록 하여 주소서.

최고보다는 최선을 다하고, 서로가 사랑하며 매사에 감사하는 마음을 갖도록 하여 주소서.

예수 그리스도의 이름으로 기도합니다. 아멘.

잠재능력을 깨워 주는 부모

사람의 능력(能力; ability)은 성취하는 행동이나 동작의 복잡성, 작업의 속도나 정확성에 의하여 측정할 수 있습니다. 능력이란 말은 재능 또는 가능성이라는 말로 표현되기도 합니다. 그런데 재능이라고 할 때는 훈련과 발달에 따라 가능한 것을 말하고, 가능성이라 타고난 소질로서 갖추고 있는 잠재력을 의미하는 것입니다.

능력에는 일반적인 것과 특수한 것이 있는데, 일반적인 능력은 여러 종류의 개인에게 정도를 달리하여 나타나지만 모든 종류의 작업에 일반적으로 영향을 주며, 특수능력이란 특수한 종류의 작업 또는 활동에만 여러 가지 정도로 개인차가 나타납니다.

사람들은 각자가 각각 다른 특별한 재능을 가지고 있을 뿐만 아니라 성공하여 행복하게 살기를 원합니다. 나아가 다른 사람들에게 긍정적인 영향을 주어 이 세상을 보다 더 나은 곳으로 만들고 싶어 합니다. 그러나 세상은 호락호락하지 않아서 때로는 좌절을 겪게 되고, 꿈과 비전을 상실하고 현실에 안주해 버리는 경우가 많습니다.

그러나 이 세상에 우연히 태어난 사람은 아무도 없습니다. 각자가 태어난 목적이 있고, 그 목적은 자기만의 특별한 어떤 것을 많은 사람들과 함께 나누어서 이 세상을 더 나은 곳으로 변화시키기 위함이라고 생각합니다. 바로 그 꿈을 이루는데 필요한 것을 우리는 타고났는데, 그것은 곧 아직 개발되지 않은 어떤 재능과 자질입니다. 다시 말하면, 우리의 꿈을 현실로 만드는데 필요한 능력은 개인의 내부에 이미 존재하고 있으며, 그것을 일깨워서 활용하기만 하면 성공적인 인생을 살 수 있을 것입니다.

똑똑한 사람이라고 해서 모두 행복하게 되는 것도 아니고, 똑똑하지 못해서 불행하거나 못 사는 것도 아닙니다. 자기가 타고난 재능을 얼마만큼 개발하여 활용할 수 있느냐가 중요한 것입니다. 박세리만큼 똑똑하지 않아서 골프의 여왕이 못 된 것이 아니고, 박지성보다 똑똑하지 못해서 축구왕이 못 되는 것은 아닙니다. 박세리는 자신의 골프 재능을 얼마나 개발했느냐가 골프의 여왕으로 만들었고, 박지성은 축구의 재능을 얼마나 개발했느냐가 축구왕으로 만든 것입니다. 다른 사람보다 뛰어난 재능이 무엇이며, 그것을 얼마나 많이 개발했느냐가 중요한 것입니다.

심리학자들에 의하면 인간은 자신이 갖고 있는 능력의 2~5% 밖에 사용하지 못한다고 합니다. 20세기의 위대한 천재 아인슈타인도 자기 잠재능력의 15%도 사용하지 못했다고 합니다. 또 스탠퍼드 대학에서 실시한 실험에서도 일반인들은 자신이 타고난 정신능력의 약 2%만을 사용한다는 연구결과가 나왔습니다. 그래서 '인류의 최대 비극은 전쟁이나 재난이 아니라 인간의 잠재능력을 사장시키는 데 있다'고 올리버 웬델 홈스라는 사람은 말했습니다.

　아무리 좋은 재능을 가지고 타고났다고 해도, 그것을 개발하여 사용하지 않으면 무용지물입니다. 자녀들이 타고난 재능을 확인하고, 그 재능 곧 잠재능력을 최대한 발휘할 수 있도록 개발시켜 주는 것이 부모의 역할이며, 그것이 곧 자녀를 세상에 내어 놓는 것이라고 할 수 있습니다.

부모로서 자신을 돌아보기

■ 우리 자녀들이 가진 잠재능력은 어떤 것들이 있을까요?

부모의 기도

지혜이신 아버지 하나님!

하나님이 주신 달란트를 그냥 땅에 묻어 두고 다른 것을 달라고 기도

하는 어리석음을 범치 않게 하시고, 이미 주신 것을 최대한 활용하는 지혜를 주시옵소서.

어떤 역할이 주어지든 능히 감당할 수 있으며, 작은 일의 소중함을 알고 맡은 일에 충성할 수 있는 자녀로 성장하게 하소서.

자신의 건강을 최상으로 유지하고, 시간을 황금같이 아낄 줄 아는 충실한 자기 관리자가 되게 하소서.

역사의 흐름과 현실을 꿰뚫어 보는 통찰력을 허락하시고, 본질을 파악할 때 숲과 나무를 동시에 보는 안목과 포용력을 갖추게 하소서.

무엇보다 세계를 품은 그리스도의 제자로서 세계 선교와 세계 경영의 성경적 세계관을 가지고 온 인류를 섬김의 대상으로 여기는 위대한 하나님의 사람이 되게 하여 주시옵소서.

예수님 이름으로 기도합니다. 아멘.

자격증이 있는 부모

우리는 지금 고도의 산업사회인 정보화 시대에 살고 있습니다. 교육도 우리의 생활환경과 의식의 변화에 따라 다양한 욕구에 걸맞은 변화를 필요로 하고 있습니다. 가정교육도 농경시대의 교육방법에서 벗어나 체계적이고 전문적인 프로그램을 요구하고 있습니다.

이와 함께 사회 일각에서는 부모도 자격증을 따야 한다는 주장이 있습니다. 다소 어색하게 느껴질지 모르나, 부모 역할을 훌륭히 수행하는 데 있어서 필요한 것이며, 자녀 교육을 위해서 필요한 방법이라고 볼 수 있습니다.

현대는 노인을 돌보는 일에도 자격증을 필요로 하는 시대입니다. 노인들의 심부름이나 일손을 도와주고 이야기 친구가 되어 주는 '가정봉사원'도 자격이 있고, 노환으로 고생하는 분들을 도와주는 '요양보호사'라는 자격증 제도도 생겼습니다. 하물며 고귀한 인간을 양육하는 부모에게 자격증이 필요한 것은 너무나 당연한 일이 아니겠습니까? 이 일은 자녀의 자아실현은 물론 가정의 행복, 나아가 사회의 안정된 국가 발전의 밑거름이 될 것입니다. 그런데도 우리는 결혼해서 자녀를 낳으면 아무런 준비 없이 부모가 되는 경우가 허다합니다.

부모 자신이 자녀에 대해서 어떤 영향을 미치고 있는지, 어떻게 대해야 하고, 무엇을 가르치고, 무엇을 이해해야 하는지를 전혀 알지 못하기 때문입니다. 그러므로 부모 역할의 중요성을 절실히 깨닫고, 그에 필요한 체계적인 지식을 쌓아서 실천할 수 있도록 ·교육받아야 합니다. 이를 위해 부모 자신이 먼저 자녀 양육에 대한 많은 지식과 기술을 습득해야 성공적인 부모 역할을 할 수 있고, 그렇게 하기 위해서는 자녀를 낳기 전에 부모로서의 역할을 준비해야 됩니다.

부모로서 자신을 돌아보기

■ 부모의 역할은 무엇인가?

■ 부모가 되기 위해 갖추어야 할 조건들은 무엇인가?

부모의 기도

모든 사람들의 주인이신 하나님!

하나님께서 주신 자녀들이 소명을 발견할 수 있도록 도움을 줄 수 있는 부모가 되게 하소서.

권위적인 아버지가 아니라 권위 있는 아버지가 되게 하시고, 사랑으로 늘 깨우치는 어머니가 되게 하소서.

하나님을 경외하는 삶을 통해 아버지의 권위가 서게 하소서. 평생의 삶을 통해 하나님 경외하기를 가르칠 수 있게 하소서.

먼저 그의 나라와 의를 구하면 이 모든 것을 더해 주시리라 약속하신 주님! 부모의 욕심으로 자녀가 성공하길 원했던 이기적인 마음으로 용서하여 주소서. 공부해서 남 주고 주를 위해 헌신하는 자녀로 자라게 하소서.

예수님 이름으로 기도합니다. 아멘.

공부하는 부모

우리는 종종 부모만이 자기 자녀를 가장 잘 아는 것으로 착각합니다. 유아기와 아동기에는 활동의 영역이 집안이기 때문에 그럴 수 있으나, 청소년기에 접어들면서부터는 학교, 친구 등 사회 집단에서 보내는 시간이 많아지고, 자아의 형성과 더불어 많은 변화가 일어납니다. 이 시기에는 부모가 인정해 주든 인정해 주지 않든 스스로를 독립된 인격체로 생각하려 합니다.

따라서 자신의 진로에 대한 번민도 부모에게 보여지는 것 이상으로 심각한 것입니다. 이러한 나의 자녀들을 부모의 눈에 비치는 것만으로 판단하려 해서는 안됩니다. 어떤 것이 내 자녀의 참 모습인지를 바로 알고자 노력하여, 자녀를 믿으며 그들이 도움을 필요로 할 때 도움을 줄 수 있다는 신뢰감을 자녀에게 주어야 합니다. 어차피 홀로 개척해 나가야 하는 삶이기에 그들을 지켜보아 주는 든든한 격려자가 되어야 합니다.

우리 사회가 안고 있는 나쁜 병폐 중의 하나는 모든 교육의 책임을 학교에 전가해 버리려는 무책임한 가정의 모습입니다. 청소년의 교육 특히 진로 지도상의 문제를 논하게 되면 으레 학교 교육, 사회 풍조, 가정교육을 놓고 알이 먼저냐 닭이 먼저냐는 식의 공론에 부딪치게 됩니다. 그러나 모든 인간 사회 구성의 기본이 가정으로 귀착될 수밖에 없으며 문제의 해결은 각 개개인이 가정과 부모로부터 시작되어야만 할 것입니다.

부모로서 자신을 돌아보기

■ 자녀들에게 모범이 되기 위하여 내가 할 수 있는 일들은 무엇인가?

부모의 기도

하나님, 감사합니다!

오늘도 이 자녀들을 학교에 보냅니다. 저는 이 자녀들을 지킬 수 없으나 하나님이 지켜 주실 줄 믿습니다.

주님의 보혈이 자녀들의 머리에서부터 온 육체와 마음을 적시고, 악한 영들로부터 지켜 주시고, 악한 마음과 생각이 사라지게 하시고, 불쾌하고 기분 나쁜 일을 만나도 화를 내거나 흥분하지 않게 하시며, 부드럽고 평안한 마음을 주소서.

선생님이 가르치시는 것들을 잘 듣게 하시고, 선생님의 교훈들이 자녀들의 마음에 새겨져서 지켜나가게 도와주소서.

하나를 배우면 열을 아는 능력을 허락하여 주시고, 더욱 많은 것을 깨달아 주님의 귀한 일꾼 삼아 주소서. 학교에서도 친구들과 서로 사이좋게 사랑하며 지내게 하소서.

오늘 한 날도 기쁨이 충만하게 하시고, 항상 밝고 건강하게 하시고, 범사에 감사하는 자가 되게 하소서.

예수님 이름으로 기도합니다. 아멘.

말이 통하는 부모

"엄마랑은 도무지 말이 안 통해!", "너 잘 되라고 하는 소리야!" 웬만한 머리가 굵은 자녀를 둔 가정에서 부모와 자녀 사이에 흔히 오가는 말입니다.

자녀와의 대화가 점점 힘들어지면 부모와의 갈등은 심화되며, 문제의 해결보다는 서로 점점 멀어지게 됩니다. 그렇지만 대화를 통해 부모 자식 간의 관계를 키워나가야 하고, 부모로서 훈육할 것도 많기 때문에 자녀와의 대화는 너무나 필수적이고 중요한 것입니다.

요즘 휴대전화는 부모와 자녀의 새로운 소통 수단으로 사용되고 있습니다. 자녀들 가운데 절반 이상이 하루 평균 1~5회씩 부모에게 문자를 보내고, 1~3회씩 휴대전화로 통화한다고 합니다.

대화가 단절된 가장 큰 원인은, 자녀가 부모와 대화를 하고 싶지 않기 때문입니다. 부모와 자녀의 대화에 있어서 가장 큰 걸림돌은 바로 '잔소리'입니다. 잔소리의 패턴도 매일 똑같이 반복되고 있습니다. 그러므로 자녀들에게 있어서 부모란 '잔소리 하는 사람'입니다.

더구나 대화의 기본은 '경청'에 있는데, 많은 부모들은 자녀의 이야기를 들으려고 하지 않습니다. 자녀와 대화를 한다고 해도 이는 대화가 아니라 부모의 생각이나 원하는 것을 일방적으로 전달하거나 강요하는 경우가 많습니다.

말이 통하는 부모가 되기 위해서는 자녀의 말에 귀를 기울여야 합니다. 자녀의 말에 주의를 기울이고 정성을 다해 말 속에 담긴 의미를 듣고 이해함으로써 부모의 관심을 보여주라는 것입니다.

부모가 자녀에게 이야기하는 방법은 두 가지가 있습니다. 하나는 '너'(자녀)를 주어로 한 것이고, 다른 하나는 '나'(부모)를 주어로 한 것입니다. '나'를 주어로 한 대화를 '나 전달법'(I-massage)라고 하며, '너'를 주어로 하는 대화를 '너 전달법'(You-massage)이라고 합니다.

예를 들어 자녀가 방을 어지럽혀 놓았을 때, "너는 왜 방을 그 모양으로 해놓고 다니니? 좀 치워라."고 하기 보다는 "네 방이 지저분해서 엄마가 청소하는 시간이 늘어 속상해."라고, 나의 감정 상태를 자녀에게 말해 주는 것이 좋습니다. 자녀가 "학원가기 싫어."라고 했을 때, "학원에 안 가면 어떡해? 또 혼나려구 그래?"라고 하기 보다는 자녀가 몸이 안 좋은지, 학원에 무슨 일이 있는지 등 그 말 속에 담긴 의미를 살피는 것입니다. 자녀의 감정이나 생각을 잘 이해하면서 들어주면 자녀는 마음 속의 이야기를 털어놓고 이야기를 할 수 있는 통하는 부모가 될 것입니다.

■ 자녀에게 하는 잔소리를 적어 봅시다.

■ 자녀에게 잔소리할 때 고쳐야 할 점은 무엇인가?

용서의 하나님!

주님은 "자기의 형제를 사랑하는 사람은 빛 속에서 살고 있는 사람이며, 그는 남을 죄짓게 하는 일이 없다. 그러나 자기 형제를 미워하는 자는 어둠 속에 있으며, 어둠 속에서 살아가기 때문에 그 눈이 어둠에 가려서 자기가 어디로 가는지 알지 못한다."(요 12:10~11)라고 말씀하셨습니다.

내가 용서하지 못하고 어두움 가운데 걸어가고 있는 곳이 어디인지 보여 주소서. 우리 자녀들이 언제나 용서하며 살아갈 수 있게 해 주시기를 기도합니다.

용서함으로 자신이 자유로워짐을 깨닫게 하여 주소서. 언제나 사랑과 용서의 빛 속에 살아가게 하여 주소서. 가족을 용서하고 친구와 다른 모든 사람들도 용서하게 하여 주소서.

실패했을 때 자기 자신을 용서하게 하시고, 이 땅에서 일어나는 일과 자기 인생에서 일어나는 일에 대해서 하나님을 탓하지 않게 하여 주소서.

하나님의 말씀을 따라 원수라도 사랑하는 자녀가 되게 하여 주소서. 자기를 저주하는 자를 축복하며, 자기를 미워하는 자에게 선을 베풀며, 자기를 악의적으로 이용하고 학대하는 자들을 위하여 기도하는 사람이 되게 하여 주소서.

예수 그리스도의 이름으로 기도합니다. 아멘.

신앙의 본이 되는 부모

자녀는 부모 하기에 따라 달라질 수 있습니다. 자녀에게 가장 좋은 선생님은 부모이고, 가장 좋은 모델과 교과서도 부모입니다.

가장 좋은 모습은 부모의 진실함과 솔직함입니다. 많은 부모들이 자녀 앞에서 완전한 모습만 보이기를 원합니다. 그래서 자신의 실수와 잘못을 잘 인정하려고 하지 않습니다.

어느 마을에 너무나도 잘 울어서 울보라고 불리는 여자가 있었습니다. 한번 울기 시작하면 아무리 달래도 그칠 줄 모르고 온종일 웁니다. 그런데 이 여자는 울 때 "이년아! 이년아!" 하면서 운답니다. 평소에 그 어머니가 자녀를 야단칠 때마다 "이년아, 이년아!"라고 했기 때문입니다.

부모가 한마디 하는 것이 자녀들에게 깊은 영향력을 줄 수 있음을 말해 주는 것입니다. 그러므로 어른들의 생활 속에서 어린자녀들에게 진실함과 거룩한 생활의 본을 보여주어야 합니다.

"이제 네 속에 거짓이 없는 믿음을 생각함이라. 이 믿음은 먼저 네 외조모 로이스와 네 어머니 유니게 속에 있더니 네 속에도 있는 줄을 확신하노라"(딤후 1:5).

그러므로 진실로 여러분의 자녀들이 잘 되기를 원한다면, 자녀들에게 신앙의 본을 보이며 살아야 합니다.

부모로서 자신을 돌아보기

■ 나의 삶 속에서 신앙의 본이 되는 것은 무엇입니까?

■ 신앙의 본이 되기 위하여 고쳐야 할 점은 무엇입니까?

사랑의 하나님!

작은 것이라도 사랑을 나누어 줄 수 있고, 또한 사랑을 받아 진정한 사랑을 느낄 수 있는 사랑이 가득찬 자녀가 되게 하소서.

어느 한쪽으로 치우침이 없고, 넘치거나 모자람이 없는 지혜롭고 현명한 자녀가 되게 하소서.

스스로 낮출 수 있는 겸손과 불의에 대해 행동할 수 있는 용기를 갖게 하소서.

힘든 곳에 있더라도 시원한 시냇물처럼 밝고 맑은 마음으로 이겨내고, 어둡고 힘겨워 하는 사람을 지나치지 않고 따스한 마음으로 감싸 안을 수 있는 자녀가 되게 하소서.

주여! 이 모든 것을 한 번에 다 이룰 수 없지만, 항상 잊지 않고 조금씩이라도 행하여 한 걸음 한 걸음 다가갈 수 있도록 도와주소서.

예수님의 이름으로 기도합니다. 아멘.

차별하지 않는 부모

유교적 전통적인 가정에서는 맏아들을 최고로 예우하였습니다. 그 이유는 부모가 죽은 후에 제사를 지내 주는 책임이 맏이에게 있기 때문입니다. 이런 것을 가리켜서 가족적 포치(家族的 布置)라고 하는데, 이것은 한 가족 안에서 출생 서열이나 가족수, 형제 간의 연령차 등이 어린이에게 미치는 영향을 말합니다. 특히 출생 서열이 미치는 영향은 매우 큰데, 자라는 동안에 장남은 어리광쟁이가 되는 소지가 많고, 차남은 일반적으로 경쟁심이 강한 편이며, 막내는 남에게 의지하려는 경향을 보이게 됩니다.

요즈음은 자녀들을 많이 낳지 않아서 출생 서열에 대하여서 특별히 문제가 되는 것은 없지만, 자녀가 하나만 있는 집하고 둘이 있는 집은 여러모로 차이가 있습니다. 예를 들어, 언니와 동생 자매를 둔 경우, 언니는 부모로부터 독립적으로 의젓한 행동을 보이며, 동생에게 많은 것을 양보하고, 엄마를 대신해서 동생을 돌보려는 경향이 나타납니다. 그러나 동생은 엄마나 아빠에게 밀착되어 애교를 부리고, 언니 것까지도 자기가 차지하려는 이기적인 경우가 있습니다. 언니가 동생이 너무 심하게 언니의 것을 차지하려 하면 언니가 동생을 미워하게 되고, 동생을 때리는 일도 생깁니다. 이때 엄마나 아빠가 언니를 야단치게 되면 언니는 엄마와 아빠가 동생만 좋아한다고 생각하고 소외감을 느끼게 됩니다.

남자 형제의 경우는 조금 다릅니다. 장남에게 우선권을 부여하는 것이 우리 사회의 보편적인 경향입니다. 소위 제사상이라도 받아먹으려면 장남을 잘 길러야 한다는 생각입니다. 뿌리 깊은 남아 선호사상이 바로 여기에서 출발한다고 볼 수 있습니다. 그래서 자매 간보다도 형제 간의 차별대우는 더욱 심합니다. 이러다 보니 장남은 갖은 어리광도 부모에게 다 통하게 되는 법입니다. 막내는 어리다고 부모님이 보호차원에서 다루게 되니, 차남의 형편은 언제나 푸대접을 받을 수밖에 없습니다. 어쩌다 한 번 어리광을 부리는 날에는 돌아가는 것이 매 밖에 없습니다. 그래서 중간에서 눈치나 보게 되고, 심통을 부리게 됩니다.

이렇게 형제 간의 출생 서열에 따르는 부모의 차별대우는 자녀의 성장에도 많은 영향을 주게 됩니다. 흔히 열 손가락 깨물어 안 아픈 손가락 없다고 하듯이, 부모는 자녀들에게 공평하게 대우할 수 있도록 노력해야만 합니다.

■ 어떤 경우에 자녀들을 차별하는가?

■ 차별하는 이유는 무엇인가?

아버지 하나님!

우리에게 사랑스런 딸, 아들을 주셔서 감사합니다.

자녀들이 자신에게 알맞은 뜻을 세우고, 그것을 통하여 세상을 살아가는 보람을 얻게 하여 주소서.

진정한 승리와 성공은 경쟁에서 이기는 것이 아니라 자신이 세운 뜻을 이루어가는 것임을 알게 하소서.

실수를 했을 때 자신을 달랠 수 있는 여유와, 실패를 했을 때 다시 일어설 용기를 갖게 하소서.

어렵고 힘든 일을 만났을 때 노력과 인내하게 하시고, 성취에도 교만하지 않고 겸손하게 하소서.

주님의 사랑이 늘 함께 하고 있음을 깨닫게 하소서.

예수님의 이름으로 기도합니다. 아멘.

자립심을 키우는 부모

자립심은 스스로 생각하고 판단하는 바를 행동으로 직접 옮기는 것을 뜻합니다. 자립심은 자녀가 성장해가기 위해, 자기가 속해 있는 사회에서 자신의 역할에 맞는 능력을 스스로 갖추기 위해 반드시 자녀가 배워야만 하는 것입니다.

자녀의 성장하는 과정에서 실패의 체험은 매우 소중한 것입니다. 실패를 통해서 자신을 알아가는 과정이 되며, 능력을 키우는 것은 하나의 과정으로서 필요한 일입니다.

자녀가 어리다고 부모가 모든 것을 챙겨 주고 도와주면 의존적인 자녀가 될 수 있습니다. 어린 자녀라 할지라도 그 나이에 맞게 스스로 할 수 있는 일이 있습니다. 부모는 자녀가 스스로 할 수 있는 일은 하게 함으로써 자신을 키워 나갈 수 있도록 도와주어야 합니다.

부모가 과보호하는 경우 자녀의 자율적 성장을 방해하여 의존적인 사람이 됩니다. 반대로 부모가 지나치게 허용적이면 자녀는 공격적이고 적대적인 자녀가 되기 쉽습니다.

사소한 실수에도 "넌 그것 밖에 못하냐?" "니가 잘 하는 게 뭐가 있냐?"라는 등 야단만 친다면, 자신감이 없어지고 자기부정적인 사람으로 성장하게 됩니다. 자녀의 성장을 위해서는 그에게 구체적으로 할 수 있는 일을 가르쳐 주고, 조그만 일도 격려하면서 발전할 수 있도록 도와주어야 합니다. 자녀에게 '나도 할 수 있다'는 것을 가르치는 것은 자녀의 자립심을 키워 주는데 효과적입니다.

나아가서 아주 사소한 것이라도 자녀에게 선택할 기회를 주는 것이 좋습니다. 요즘은 자녀가 고등학생이 되어도 부모의 선택을 강요하는 경우가 많습니다. 특히 대학을 선택하는 과정에 있어서는 부모의 영향이 매우 큽니다. 자녀가 스스로 선택하고 결정하도록 하고, 자기의 의사를 분명하게 밝히도록 허용해야 합니다. 그러면 자신에 대한 책임감과 함께 자신의 선택이 좋은 결과를 가져오게 되고, 스스로 할 수 있다는 성취감과 독립심을 느끼게 될 것입니다.

부모로서 자신을 돌아보기

■ 자녀의 자립심을 키우기 위해 내가 고쳐야 할 것은 무엇인가?

부모의 기도

긍휼을 베푸시는 하나님!

사이버 시대를 살고 있는 자녀들을 긍휼히 여기소서. 악한 환경 속에서도 스스로를 절제하고 통제할 수 있는 성령의 능력을 주소서.

무조건 야단치며 하지 말라고 하기 전에 자녀가 분별할 수 있도록 옆에서 돕는 부모가 되기 원합니다. 순간순간마다 지혜의 언어로 권면케 하소서.

연약한 자를 강하게 하시는 주님께서 자녀들을 주의 강한 용사로 만들어 주시고, 세상의 유혹에 넘어가지 않도록 늘 지켜 주소서. 나아가 세상을 변화시키는 진정한 주님의 자녀가 되게 하소서.

하나님 때문에 언제나 기뻐하고 행복할 줄 아는 긍정적인 사람으로 자라게 하소서.

예수님의 이름으로 기도합니다. 아멘.

창의성을 길러 주는 부모

창의성이란 일반적으로 무엇인가 지금까지 없었던 새로운 것을 만들어 내거나 기발한 것을 생각해 내는 능력을 말합니다. 그러나 창의성은 누구나 개발할 수 있는 가능성이 있습니다. 따라서 가정이나 사회에서 경험하는 것들에 의해 증진되기도 하고 감소되기도 합니다. 창의성은 충분한 격려와 기회를 갖게 된다면 개발될 수 있습니다. 창의성이 개발되려면 주변 환경에 대한 충분한 탐색이 이루어져야 하므로 자녀의 감각을 충분히 일깨워 줄 수 있는 매력적이고 신선한 환경 구성이 필요합니다.

창의성이 발휘되려면 창의성의 기반이 되는 일반적 지식과 기능과, 특정 영역에서의 지식과 기능, 그리고 동기로 구성된다고 할 수 있습니다. 이 기반을 활용하는 데는 확산적 사고와 비판적 사고가 필요합니다.

역사적으로 뛰어난 인물들은 오랜 기간 집중적이고 고된 훈련을 통해서 그 분야의 지식과 기능을 풍부하게 익혔다고 합니다. 자녀에게 자유롭고 안정적인 분위기를 만들고 충분하게 생각할 시간을 주어야 합니다.

또한 자녀들에게 재미있는 일은 시키지 않아도 스스로 합니다. 자녀들에게 재미있게 하는 것을 '동기부여'라고 합니다. 동기는 곧 하고 싶은 마음을 갖도록 하는 것입니다. 그리고 동기는 여러 가지 지식과 기능을 습득하기 위한 원동력이기 때문에, 부모는 자녀들이 흥미를 가지고 주도적으로 문제를 해결할 수 있는 환경을 제공해 주어야 합니다.

나아가서 부모는 답이 정해져 있지 않은 질문을 통하여 생각을 넓힐 수 있도록 도와주어야 합니다. 고정된 관점이나 편견에서 벗어나 넓은 시야를 갖고 새로운 시도를 해 보도록 하는 것도 중요합니다. 자녀가 자발적으로 탐구하고 마음껏 실험하고, 시도하다가 실수를 하더라도 핀잔을 주거나 비평하지 말고 실수를 두려워하지 않도록 격려해 주어야 합니다.

창의성을 키워 주는 부모는 자녀에게 '맞다, 틀리다, 좋다, 나쁘다'는 식의 질문보다는 '넌 어떻게 생각해?'라거나 '넌 어떻게 했으면 좋겠니?'라고 묻는 개방적인 질문을 더 많이 하는 것이 좋습니다.

그리고 자녀들이 답을 하기까지 충분한 시간을 주고, 답이 맞는지 틀리는지 보다는 그 다음 단계의 사고를 할 수 있도록 생각을 이끌어 주는 것이 좋습니다.

부모로서 자신을 돌아보기

■ 창의성을 길러 주기 위해서 내가 할 일은 무엇인가?

부모의 기도

인자하신 하나님!

우리 자녀로 하여금 이웃을 사랑과 섬김의 대상으로 보는 성경적 인간관을 갖게 하사 아름다운 만남과 풍성한 인간관계를 통해 날마다 성숙하게 하소서. 학교와 교회에서 공동체적 삶의 기쁨을 깨달아 알게 하소서.

남과 비교하기 보다는 남과 다른 점을 찾게 하시고, 남을 이기는 것보다 남과 더불어 사는 것을 배우게 하소서.

남에게 상처를 주기 보다는 치유하는 자로 살게 하시고, 시험거리가 되기 보다는 믿음의 모델이 되는 아름다운 삶을 열망하게 하소서.

가난해도 비굴하지 않고 부해도 오만하지 않으며, 어떤 상황에 처하더라도 흔들리지 않는 확고한 믿음과 신념을 가지게 하소서.

약한 자를 멸시하지 않고 존경하며 사랑할 수 있는 마음과 소외된 자들을 돌보아 주고 품어 주게 하소서.

예수님 이름으로 기도합니다. 아멘.

칭찬을 잘하는 부모

칭찬은 자녀에게 자신감을 심어 주고 긍정적인 사고를 길러 줍니다. 칭찬을 받은 자녀는 자신이 사랑 받고 있으며, 자신의 행동에 부모가 관심을 갖고 있다는 것을 확인하게 됩니다.

꾸짖는 말에는 부정적인 의미가 담겨 있지만, 칭찬은 바람직한 생각이나 행동이 무엇인지 알게 해줍니다. 그래서 잘못된 것, 나쁜 것이 아니라 잘한 것, 좋은 것을 먼저 돌아볼 수 있기 때문에 칭찬받고 자란 자녀는 긍정적인 사고방식을 가지게 됩니다.

칭찬은 반드시 큰일을 해냈을 때 하는 것은 아닙니다. 사소한 일이라도 잘했을 때는 자녀가 최선을 다한 것으로 생각하고 칭찬을 아끼지 말아야 합니다. 더구나 좀 서투르고 어떤 일을 잘하지 못하더라도 그 과정을 칭찬해야 합니다. 밥 잘 먹고, 친구와 잘 놀고, 깨끗이 세수하고, 장난감을 스스로 치우고, 인사를 잘하는 등 아주 사소하고 당연해 보이는 일에도 칭찬을 아끼지 말아야 합니다.

부모가 자녀의 행동을 긍정적으로 바라보는 데서 칭찬하는 마음이 우러나게 됩니다. 부모가 부정적인 마음을 가지고 있으면 자녀의 모든 행동이 마음에 들지 않고, 웬만해서 칭찬할 거리를 찾을 수 없습니다. 자녀의 행동을 부모의 수준에서 평가하지 말고 자녀의 입장에서 평가해 보면 조그만 일도 정말 대견한 일일 것입니다.

나아가 바람직한 행동에 대해 칭찬을 하면 자녀는 이 행동을 더 많이 하려고 노력합니다. 그리고 자신의 행동에 대해 책임감을 갖게 됩니다. 자녀가 계속 잘할 수 있도록 동기를 부여해 주는 것은 바로 자녀의 노력한 과정에 대해 칭찬하는 것입니다. 이렇게 할 때 자녀들은 자신감을 가지게 되며, 자신에 대하여 긍정적으로 생각하는 자녀가 됩니다.

자녀의 기를 살린다고 무턱대고 칭찬하지는 말아야 합니다. 칭찬만 듣고 책망이 없으면 자기중심적인 자녀가 되어, 칭찬받기 위해서 잘하던 행동은 칭찬이 없으면 하지 않게 됩니다. 더구나 똑같은 행동을 했는데, 부모의 기분에 따라서 어떤 때는 칭찬하고, 어떤 때는 귀찮아 하고 칭찬하지 않으면 칭찬을 받을 거라고 생각했던 자녀가 실망을 할 것입니다. 일관되지 못한 부모의 태도는 자녀가 자신의 행동이나 판단에 자신감을 갖지 못하게 만듭니다.

칭찬도 일정한 기술 없이 행해지면 그 효과가 반감되고, 오히려 자녀가 습관적인 보상을 바라는 등의 부작용을 낳게 된다는 것을 주의할 필요가 있습니다.

자녀에게 칭찬을 해줄 때는 다음과 같이 하는 것이 좋습니다.

1. 결과보다는 과정을 칭찬합니다.

2. 무엇을 잘했는지 콕 집어서 칭찬하는 것이 좋습니다.

3. 칭찬할 일이 있으면 그 자리에서 즉시 칭찬을 합니다. 시간이 지나면 칭찬의 효과는 반감할 수밖에 없습니다.

4. 말로만 하지 말고 칭찬 후에는 스킨십을 해줍니다.

5. 칭찬은 자녀가 만족하고, 기뻐하도록 합니다. 그렇게 하면 자녀는 자긍심을 갖고 스스로 발전해야겠다는 마음을 가지게 됩니다.

6. 칭찬할 일이 생기면 시간과 장소를 고려해 다른 사람들에게 공개적으로 하면 좋습니다.

7. 칭찬한 것을 기억하고, 다음에 또 같은 일이 있으면 칭찬하면 칭찬을 들은 자녀는 반드시 그것을 기억하고 좋아합니다.

부모로서 자신을 돌아보기

■ 자녀들에게 칭찬할 일이 무엇이 있는지 생각해 봅시다.

사랑이신 하나님!

자녀들이 자신감을 가질 수 있도록 용기를 주소서.

무엇이든지 주님 안에서는 능치 못할 일이 없다고 하신 말씀을 기억하게 하시고, 자녀들이 먼저 믿음으로 주님께 다가서게 하소서.

학교에서나 사회에서도 자신감을 잃거나 기죽지 말고, 주님이 주시는 용기를 얻어서 자신에게 주어진 과제를 잘 수행할 수 있도록 하소서.

자녀에게 부정적인 마음이 형성되지 않도록 도와주시고, 세상을 긍정적으로 바라볼 수 있는 눈을 주소서.

예수님의 이름으로 기도합니다. 아멘.

효를 가르치는 부모

아버지의 재산을 노리고 아버지를 죽인 박한상의 이야기는 온 국민을 충격으로 몰아넣었습니다. 자신의 사업 대금을 마련하기 위해 시골에 계신 부모님에게 땅을 팔라고 협박을 하는 자식도 있는가 하면 형제 간의 싸움으로 부모의 가슴에 못질하는 못된 사람들의 이야기도 심심치 않게 듣습니다. 심지어는 형편이 좋음에도 불구하고 부모를 외딴 양로원이나 심지어 외국에 나가서 버리고 오는 패륜아들도 있습니다.

그런가 하면, 몇 년 전에 당장 수술을 받지 않으면 6개월을 넘기지 못하는 아버지에게 고등학교에 다니던 아들이 아버지에게 간을 이식해 준 일이 있었습니다. 간염을 앓던 아버지가 가정을 부양하느라 고생을 해서 간경화로 수술을 받게 되자 자신의 간을 이식하겠다고 한 것입니다. 아버지는 어린 자식을 생각해서 그냥 죽겠다고 했지만 끝내 아들의 요청대로 하게 되었습니다. 오늘날도 이렇게 부모에게 효도하는 젊은이가 있기에 소망이 있습니다.

오늘 부모는 자녀들에게 효를 가르쳐야 합니다. 에베소서 6장 1절에 "자녀들아 너희 부모를 주안에서 순종하라 이것이 옳으니라"고 했습니다. 효는 옳은 것이기 때문에 가르치라는 것입니다. 옳은 길을 가면 잘될 수

밖에 없습니다. 그런데 길도 가르쳐 주지 않고 성공하라고 하면 불의한 방법으로 성공하려고 합니다.

효가 무엇입니까? 첫째는 하나님 아버지를 잘 섬기는 것이요, 둘째는 부모를 공경하는 것이요, 셋째는 가족을 사랑하는 것이요, 넷째는 이웃과 나라를 사랑하는 것입니다. 그러므로 자녀들에게 무엇보다 효를 먼저 가르쳐야 합니다.

디모데전서 5장 4절에, "만일 어떤 과부에게 자녀나 손자들이 있거든 저희로 먼저 자기 집에서 효를 행하여 부모에게 보답하기를 배우게 하라 이것이 하나님 앞에 받으실 만한 것이라"고 하셨습니다.

만약 가정 안에서조차 자신의 부모에게 효도할 줄 모르는 사람들만 가득하다면 사회는 암담할 것입니다. 자기 부모를 박대하는 사람이 다른 어른들을 공경할리는 만무하고, 어른 공경이 다 사라져버린 나라에서 인륜이니 예의니 하는 것을 말하는 것은 시대에 뒤떨어진 이야기가 되어버릴 것이기 때문입니다.

효는 아름다운 가치입니다. 자신을 세상에 낳아 주고 길러 준 부모를 소중히 여기는 자녀들이 될 수 있도록 부모들이 모범이 되어야 하며, 또한 효를 가르쳐야 할 것입니다.

부모로서 자신을 돌아보기

■ 자녀에게 효를 가르친 후에 자녀의 변화된 모습이 있다면 함께 나누어 보자.

부모의 기도

거룩하신 하나님!

저희 가정에 주신 하나님의 자녀들을 인하여 늘 감사 드립니다. 하나님의 말씀으로 아름답게 키울 수 있도록 지혜를 더하여 주소서.

우리 자녀에게 이웃을 사랑하는 마음을 주시고, 순종하는 마음과 남을 배려하는 아름다운 마음을 주소서. 무엇보다도 어른들을 공경하는 마음으로 주시고, 부모에게 효도하는 모범적인 자녀가 되게 하여 주소서.

자녀에게 주신 달란트를 잘 활용하게 하시고, 언제나 주님을 기쁘게 하는 삶을 살아가게 하여 주소서.

자녀로 인하여 우리 가정이 늘 기쁨이 넘치게 하여 주소서.

예수님의 이름으로 기도합니다. 아멘.

사랑의 채찍을 드는 부모

'요즘 자녀들은 버릇이 없다'는 말을 자주 듣기도 하고 또한 하기도 합니다. 그러나 생각해 보면 자녀들이 버릇이 없는 것은 기성세대들, 특히 자녀들의 부모가 버릇이 없는 것이 아닌가 하는 생각이 듭니다.

우리 아파트에 처음 이사를 왔을 때, 엘리베이터 안에서 만나는 자녀들이 하나 같이 말똥말똥 쳐다만 보고 인사는 하지 않는 것입니다. 그래서 다음날부터 내가 먼저 자녀들에게 인사를 했지요. 그랬더니 자녀들이 멋쩍어 하더군요. 계속했더니 이제는 자녀들이 먼저 내게 인사를 합니다. 그런데 하루는 자녀와 엄마가 같이 엘리베이터를 탔는데, 자녀는 명랑하게 나에게 인사를 하는데, 엄마는 자녀에게 말하기를 "너, 이 사람 알아?"라고 하는 것이 아닌가? 순간 나는 자녀들이 예의가 없는 것이 자녀들의 잘못이 아니라 부모가 예의가 없어서라는 생각을 했습니다.

요한 웨슬리의 어머니 수산나는 "자녀들의 고집을 즉시 꺾어 버려라. 이것은 빨리 꺾을수록 좋다. 자녀들에게 지나치게 친절하고 그들을 제멋대로 하게 버려두는 부모는 사실상 잔인한 사람입니다. 이런 부모는 타파되어야 할 악습을 자녀들에게 기르게 한다. 또 자녀들을 제멋대로 버려두는 부모는 마귀의 일을 하는 사람이며, 신앙을 무의미하게 하며, 구원을 불가능하게 하고 자녀들의 영혼과 육신을 멸망케 하는 사람이다.”
라고 했습니다.

그러므로 어린 자녀들이 하나님의 규율이나 사회의 규율을 어겼을 때 채찍을 가해서라도 그들이 잘못된 것임을 깨우쳐 주고 바른 길로 이끌어야 합니다.

자식이 아무리 예쁘다고 할지라도 잘못을 그냥 넘어가는 것은 자녀에게 악을 키우는 결과를 가져옵니다. 그러므로 부모에게 불순종하거나 반항할 때에는 반드시 그 고집을 꺾어 놓아야 합니다. 부모에게 자기 고집을 꺾지 않는 사람은 하나님께도 불복종하는 사람이 되기 때문입니다.

그러나 반드시 벌을 주어야 할 때는 기억해야 할 것이 있습니다.

1) 부모의 화풀이로 때려서는 안됩니다.

2) 공평하게 징계해야 합니다.

3) 징계 받는 이유를 납득할 수 있도록 분명하게 설명해 주어야 합니다.

4) 부모가 공동으로 책임을 지고 의논해서 벌을 주어야 합니다.

5) 매를 들 때, 욕구 불만을 털어놓지 말고 기도하는 마음으로 징계를 해야 합니다.

6) 시작과 끝이 있어야 합니다.

7) 많은 사람이 있는 데서 벌을 주면 인격적 모멸감을 느낍니다. 그러므로 반드시 혼자 있는 곳에서 벌을 주어야 합니다.

부모로서 자신을 돌아보기

■ 나는 자녀에게 어떻게 벌을 주는가?

부모의 기도

예배를 받으실 하나님!

자녀에게 예배의 소중함을 말하기 전에 참된 예배가 무엇인지 먼저 깨닫게 하시고, 예배를 인생의 가장 우선순위로 사는 삶을 살게 하소서.

이 세상 풍조에 휩쓸리지 않는 자녀가 되게 하시고, 순결한 몸과 마음을 지닌 하나님의 백성으로 거룩한 삶을 살아가게 하소서.

자녀가 겪는 고난을 믿음의 눈으로 볼 수 있는 부모가 되게 하소서. 고난을 통해 죄를 깨닫고 말씀에 순종하는 삶으로 돌아오게 하소서. 고난을 통해 단련하셔서 정결한 하나님의 사람이 되게 하소서.

영원한 하나님의 말씀이 자녀의 앞길에 등불이 되어서 말씀을 통해 삶
의 길을 발견하며, 매순간에 삶의 지침을 받는 자녀가 되게 하소서. 세상
에서 말씀을 흥왕케 하는 말씀의 사람으로 자라게 하소서.

예수 그리스도의 이름으로 기도합니다. 아멘.

비판하지 않는 부모

자녀가 실수를 할 때마다 그 어머니가 "바보 같은 녀석아, 넌 도대체 할 줄 아는 게 없구나."라고 야단치는 엄마가 있는가 하면, "아니야, 너는 잘할 수 있어. 이렇게 하면 되잖아."라고 하면서 자세하게 설명해 주는 엄마도 있습니다.

부모의 비판만 들으면서 자란 자녀는 문제아가 될 가능성이 많습니다. 우리 주변에 있는 수많은 문제아들은 어떻게 보면 그 부모의 책임이라고 할 수 있습니다. 그러므로 아무리 자녀가 잘못하더라도 비판하기에 앞서 잘한 점을 찾아보는 것이 중요합니다. 그리고 비판하기 보다는 변화될 수 있도록 긍정적인 방법을 사용해야 합니다.

그리고 자녀에게 대하는 태도와 말씨도 부드럽고 간접적으로 전달하는 법을 배워야 합니다. 같은 내용이라도 거칠게 말할 수도 있고, 부드럽게 말할 수도 있습니다. 또한 자녀에게 사용하는 용어도 주의해서 선택해야 합니다.

비판을 대신할 수 있는 것들이 있습니다.

첫째, 부모가 행동으로 본을 보이는 것입니다.

자녀들의 실수나 잘못된 행동은 자녀의 행동의 결과라고 보는 것보다는 부모의 행동이나 태도 등을 보고 학습한 결과라고 보아야 합니다. 그러므로 자녀를 비판하기보다 먼저 부모 자신이 자녀에게 모범적인 행동과 태도를 보이는 것이 필요합니다.

둘째, 비판하는 대신에 바르게 가르쳐 주는 것입니다.

자녀가 손으로 음식을 집어먹는 것은 자신도 모르게 버릇이 되었을 수도 있고, 또 부모가 언젠가 그렇게 행동한 것을 보고 배웠을 수도 있습니다. 그리고 그렇게 먹는 것이 잘못된 것인지 모르는 경우도 있을 것입니다. 그러므로 무조건 야단치는 것보다는 숟가락과 젓가락으로 먹는 것이 깨끗하고 편리하다는 것을 가르쳐 주는 것이 필요합니다.

셋째, 보상과 격려를 적절히 사용하는 것입니다.

스키너는 학습에 있어서 중요한 것이 강화라는 점을 밝혔습니다. 강화란 좋고 올바른 행동을 더욱 많이 하게 하는 보상적인 개념입니다. 자녀들의 행동에 대하여 올바르고 좋은 행동에는 적절한 보상을 해 주고, 그렇지 않은 행동에는 무시하게 되면 원하지 않는 행동은 사라지고 보상받을 행동은 계속 하게 되는 것입니다. 그러므로 자녀들의 잘못된 행동이나 실수를 교정하기 위해서는 야단치는 것보다는 강화를 적절히 사용하는 것이 효과적일 것입니다.

■ 나는 자녀가 잘못할 때 어떻게 비판하는가?

부모의 기도

사랑이 많으신 하나님!

자녀들의 행동을 비판하기 보다는 먼저 부모로서의 행동이나 태도를 살펴보게 하시고, 자녀들에게 모범이 되게 하소서.

자녀에게 대하는 태도와 말씨를 부드럽게 할 수 있도록 도와주시고, 사랑과 이해로써 잘 가르치는 부모가 되게 하소서.

자녀들이 성장하면서 자신의 행동을 바르게 키워 나가도록 인도하여 주시고, 세상에서 사는 동안 착하고 깨끗한 마음을 가지고 살아가게 하소서.

예수 그리스도의 이름으로 기도합니다. 아멘.

기를 세워 주는 부모

자녀가 도전과 모험을 두려워하지 않고 패기와 용기, 그리고 끈기를 갖도록 강하게 하려면 소위 '몸짱'이나 '얼짱'보다는 기(氣)와 배짱이 강한 '기짱'으로 길러야 합니다.

역사적으로 성공한 사람들 중에는 고아들이 많습니다. 이들은 스스로 앞날을 헤쳐 나가야 했기 때문에 도전과 모험을 두려워하지 않았던 것입니다. 성공은 학벌과 지식으로 되는 것이 아니라 기백, 패기, 용기, 끈기로 뭉쳐진 '기짱'일 때 되는 것입니다.

기분이 좋다, 기가 막히다, 기운이 세다, 기력이 좋다, 기절할 뻔했다 등등…. 우리말에는 기가 들어가는 말이 유난히 많습니다.

장자는 기(氣)를 모든 천지만물의 근원이라고 하였고, '기(氣)가 모이면 살고 흩어지면 죽는다'라고 하여 생명과 직결되는 것으로 보았습니다. 즉 기란 생명에너지 또는 생체에너지와 같은 것입니다. 성경에도 "여호와 하나님이 흙으로 사람을 지으시고 생기를 그 코에 불어 넣으시니 사람이 생령이 된지라"(창 2:7)고 한 것을 보아, 기는 '숨'을 말하며, 이것은 곧 생명의 원동력으로 볼 수 있습니다.

그러면 어떻게 자녀를 '기짱'으로 기를 수 있을까요? 사람이 깊은 호흡을 하면 횡격막이 보통 호흡을 할 때보다 5~6㎝ 더 하복부로 내려가며 산소흡입량도 증가합니다. 이때 하복부에 압력을 가하게 되고, 이것이 하복부에 묵직하게 중심이 잡히는데, 이것이 배와 장(배짱)을 든든하게 만들어 주며 두려움을 없애 주는 힘이 됩니다. 더 나아가 하복부에 몰려있던 혈액과 수혈이 배의 힘에 의해 대류작용을 일으켜 두뇌까지 순환하게 되고, 뇌세포가 활발히 작용해서 자신감과 창의력이 좋아지고 긍정적인 사람으로 변화된다고 합니다.

자녀가 아무리 잘못을 해도 숨도 못 쉬게 다그치지 말아야 합니다. 야단을 맞으면 호흡이 가슴으로 올라오기 때문에 소심하고 나약한 사람이 됩니다. 항상 칭찬하고 사랑하고 인내하며 격려할 때 자녀는 깊은 호흡을 하게 됩니다.

에디슨은 자서전에서 "초등학교 담임선생님이 저를 바보라고 퇴학시켰을 때, 어머니만은 저에게 격려와 사랑으로 기다리고 용기를 주셨기 때문에 나는 좌절하지 않을 수 있었습니다."라고 회상했습니다.

자녀들에게 용기를 북돋우어 주고 격려해 줌으로써 자녀의 기를 살리는 부모가 되어야 하겠습니다.

■ 우리 자녀의 기를 살리는 방법은 무엇이 있습니까?

부모의 기도

사랑이신 하나님!

우리 자녀가 이 세상 살아가는 동안 세상과 싸워 이기게 하여 주소서.

자녀에게 새 힘을 주시고, 어떤 일이 있어도 자기를 죽이되, 기죽지 아니하는 사람이 되게 하여 주소서.

우리 자녀가 도전과 모험을 두려워하지 않고 패기와 용기, 그리고 끈기를 갖게 하시며, '몸짱'이나 '얼짱'보다는 기(氣)와 배짱이 강한 '기짱'이 되게 하여 주옵소서. 무슨 일을 만나든지 패기와 용기, 끈기로 뭉쳐진 '기짱'이 되게 하여 주소서.

자녀를 양육하는 저에게도 지혜를 주옵소서. 야단치기보다 격려하며 칭찬을 아끼지 않게 하시고, 하나님의 자녀로 성장하도록 돕는 부모가 되게 하여 주소서.

예수님 이름으로 기도합니다. 아멘.

가치를 발견하도록 돕는 부모

자녀들은 가정과 사회에서 자기의 가치관을 이루어나갑니다. 특히 부모와의 관계에서 부모의 가치관은 직접적으로 자녀들에게 주입이 되며, 그 사회 환경도 자녀들에게 많은 영향을 끼칩니다. 즉 인간관계로 이루어지는 사회과정은 인간이 부와 존경, 애정, 권력과 같은 사회적 가치를 획득하거나 상실하면서 끊임없이 변화하는 과정인데, 이러한 가치의 상실이나 감소 현상을 가치박탈이라고 하며, 가치의 획득을 가치부여라고 합니다.

일본의 경우 부모의 가업을 자자손손이 물려받는 일들이 많고, 그것을 자랑스럽게 여긴다고 합니다. 그러나 우리나라의 경우는 대기업의 회장이나 사장의 경우는 강제로 자기의 사업을 물려주기 위하여 자녀들에게 싫어도 떠맡기는 경우가 많고, 반대로 남들에게 부끄럽고 하찮은 직업을 가진 부모는 결코 자식들에게만은 그런 직업을 가지지 않게 하기 위하여 하기 싫은 공부를 억지로 강요하고 있습니다.

한 연구에서, 1318세대(13세에서부터 18세에 이르는 중·고등학생의 청소년기를 의미함)의 가치관 형성에 가장 큰 영향력을 미치는 집단은 부모(43%)이며, 그 다음은 친구(33.4%), 종교단체(5.8%), 선후배(4.7%) 순으로 나타났습니다. 하루의 대부분을 학교에서 보내는 1318세대에게 선생님의 영향력은 미미하고, 부모와 친구들이 자신의 가치관 형성에 미치는 영향력이 큰 것으로 나타났습니다.

사람은 누구나 고유한 자기의 가치를 타고난다고 할 수 있습니다. 그것을 우리는 재능이나 재질이라고 합니다. 그런데 이런 재능이나 재질을 무시하고 타의에 의하여 주입되거나 강요에 의해서 새로운 가치관을 형성한다는 것은 무리입니다. 따라서 자녀들의 타고난 가치를 존중하고 그 재능을 잘 살려서 사용할 수 있도록 도와주는 것이 올바른 양육이라고 할 수 있을 것입니다.

어릴 때부터 자녀들을 자세히 관찰해 보면 재능을 발견할 수 있습니다. 소꿉놀이나 또래들과의 놀이(역할) 속에서 그 자녀가 어떤 역할을 감당하며, 어떤 방향으로 발전할 것인가를 내다볼 수 있습니다. 부모나 선생님들은 자녀의 재능과 그 속에 담겨있는 가치를 발견할 수 있어야 합니다. 누구나 다 판·검사가 될 수 없고, 누구나 다 환경미화원만 할 수 없는 것입니다. 타고난 저마다의 소질을 계발해 주는 것이 최고의 가치를 발견하는 길일 것입니다.

그러므로 공부만이 최선의 방책은 아닙니다. 공부는 각자가 가지고 있는 가치의 실현을 위하여 필요한 수단일 뿐입니다. 자녀들에게 어른들은 공부가 최고의 목적인양 강요하고 있습니다. 먼저 자녀들이 가지고 있는 가치와 삶의 목적을 깨닫게 해주고, 그 다음에 그것을 이루기 위하여 필요한 공부를 하도록 도와주는 것이 가장 현명한 부모일 것입니다.

부모로서 자신을 돌아보기

■ 자녀의 가치관은 어느 방향을 형성되고 있는가?

부모의 기도

아버지 하나님!

사랑하는 우리 자녀가 신앙생활을 잘하게 하시고, 하나님의 복을 받아 사람에게 존귀함을 받는 자녀가 되게 하소서. 좋은 친구들을 사귀게 하시고, 하나님이 원하시는 일꾼으로 자라게 하소서.

자신의 가치를 발견하여 하나님께 영광을 돌리게 하시고, 세상사는 동안 보람 있는 삶을 살 수 있도록 하소서. 자신의 일을 위하여 열심히 공부하게 하시고, 육신의 건강함도 지켜 주소서.

늘 하나님의 기쁨이 되게 하시고, 가정과 교회와 사회의 훌륭한 일꾼으로 자라게 도와주소서.

예수 그리스도의 이름으로 기도합니다. 아멘.

갈등을 이기도록 돕는 부모

갈등(葛藤)이란 개인의 정서(情緒)나 동기(動機)가 다른 정서나 동기와 충돌을 일으켜서 인간의 정신생활을 혼란하게 하는 상태를 말합니다.

인간은 사회의 문화와 문명의 결과로 생겨난 환경에 지배를 받게 되는데, 환경은 개인의 정서 표현을 제한하고, 욕구나 충동을 억제함으로써 만족하지 못하게 합니다.

프로이드(S. Freud)는 리비도(libido; 성욕; 性慾)가 사회의 풍습과 충돌하고 모순되므로 그 만족이 억압되어 무의식의 세계로 밀려나는 일이 많아 여러 가지 방어기제나 신경쇠약이 발생한다고 설명합니다.

레빈(K. Lewin)에 따르면, 갈등은 다음의 세 가지 경우에 일어난다.

① '+ vs + 갈등상태' ; 두 개의 플러스의 유의성(誘意性 : 끌어당기는 힘)이 거의 같은 세기로 동시에 반대방향으로 작용하는 경우입니다. 즉 둘다 매력 있는 목표가 있는데, 어느 쪽을 택하면 좋을지 결정하지 못하는 경우를 말합니다. 예들 들어 수능시험을 잘 치고 일류대학 두 곳을 동시에 지원해서 동시에 두 곳 모두 합격을 했을 경우, 어느 대학을 포기할 것인가의 갈등이 생기게 됩니다. 이것은 기분 좋은 갈등이겠지요.

② '- vs - 갈등상태' ; 두 개의 마이너스의 유의성이 거의 같은 세기

로 동시에 작용하는 경우입니다. '앞은 낭떠러지요, 뒤에는 호랑이'라는 경우이며, 어느 쪽으로 나아가도 화를 면할 수는 없는 경우로서 가장 결정하기 어려운 갈등상황입니다. 흔히 자녀들이 공부를 못해서 부모님께 야단맞을 생각을 하면 눈앞이 캄캄해지는 경우와 같지요. 이럴 경우 자녀들은 회피나 문제행동 등 부적절한 결정을 내릴 수 있습니다.

③ '+ vs − 갈등상태' ; 플러스의 유의성이 동시에 마이너스의 유의성을 수반하는 경우입니다. 가령 시험에는 합격하고 싶은데, 공부는 하기 싫은 경우입니다. 이런 경우에는 매우 단호하게, 좋고 옳은 방향으로 결정하는 것이 바람직합니다. 그러나 자녀들의 마음은 항상 옳고 좋은 것만을 선택하도록 움직이지 않습니다. 공부하는 것이 옳은 것은 알지만, 자신의 편리함이 우선 작용하여 공부하기 싫기 때문에 갈등이 생기는 것입니다.

어른이나 자녀나 모두 갈등의 상태는 이와 같은 경우로 볼 수 있습니다. 부모들이 자녀를 대할 때 자녀들의 갈등상태를 직면할 경우가 종종 있습니다. 자녀들은 자신이 직면하고 있는 갈등상태를 잘 이해하지 못하고 힘들어 하기 마련입니다. 그래서 마땅히 상의할 대상도 찾지 못하고 혼자 고민합니다. 부모는 자녀들의 입장에서 갈등상황을 생각하고 도와줄 수 있어야 합니다.

예를 들어, 자녀가 그동안 다니던 수영 교실을 그만두겠다고 하면 엄마는 이를 허락하지 않습니다. 그 이유는, 작년에도 태권도 학원에 보내 달라고 해서 보내 주었더니 힘들다고 금방 그만두었는데 이번에도 또 그런다는 것입니다. 아이는 이번에 수영 교실에 들어갈 때, 기초 과정을 다 마칠 때까지는 그만두지 않겠다고 엄마와 약속했지만 지금은 생각이 달라졌습니다. 수영 교실은 자기 자신이 다니는 것이기 때문에 힘이 들거나 재미가 없을 경우에 그만두거나 계속하는 것을 결정하는 것은 자신이 해야 된다는 것입니다.

이 경우는 엄마와 자녀의 대립적 갈등현상입니다. 우선 엄마가 자녀의 입장에서 생각하는 것이 자녀의 갈등을 해소해 주는 하나의 방법이 됩니다. 즉 자녀가 원치 않는다면 그만두게 하는 것입니다. 그러나 그렇게 할 경우 작년과 같은 현상이 또 일어나게 될 것이기에 엄마는 갈등이 그대로 남게 됩니다. 그러므로 자녀가 원하지 않는 것이거나, 취미가 없는 것을 시키면 언제나 그런 갈등이 발생하게 됩니다. 어떤 약속의 이행을 일방적으로 강요하는 것보다 사전에 충분히 의논하고 협의하여 스스로 결정하도록 도와주는 것이 바람직합니다.

부모로서 자신을 돌아보기

■ 자녀와 나 사이에 일어나는 갈등은 어떤 것들이 있습니까?

부모의 기도

하나님 아버지!

오늘도 저희들에게 일어나는 마음의 갈등 때문에 고민하고 속상해 하기도 하며, 자녀를 원망하기도 합니다.

먼저 자녀를 이해할 수 있도록 해 주시고, 자녀도 부모를 이해할 수 있는 마음을 허락하여 주소서.

마음에 원하는 바가 원치 않는 것과 충돌할 때, 우선 무엇이 하나님을 위한 것인지 생각하게 하시고, 무엇이 자녀를 위한 것인지 생각할 수 있는 마음을 허락하여 주소서.

나의 욕구만 채우려고 헛된 것을 강요하지 않도록 하시고, 자녀가 원하고 잘하는 것을 도와줄 수 있게 하여 주소서.

자녀도 부모의 마음을 이해할 수 있는 마음을 주시고, 자신의 삶을 가꾸어 나가는 사람이 되게 하여 주소서.

예수님의 이름으로 기도합니다. 아멘.

자녀의 감정을 이해하는 부모

인간은 빛이나 소리, 맛, 냄새, 온도 변화 등의 자극을 받으면 감각수용기(시각, 청각, 미각, 후각, 촉각 세포)를 통하여 이러한 것들을 느끼게 됩니다. 이러한 느낌 가운데 직접적이고 비교적 단순한 것을 감정이라고 부릅니다.

감정은 인간의 지각, 기억, 상상, 사고과정에서 개인이 경험하는 특이한 심리상태로서 정서와 동의어로 사용되고 감동, 기분 등과 같은 정서적인 체험을 포함하고 있습니다. 그리고 이러한 정서상태의 외부적인 표현으로써 흥미, 기쁨, 놀라움, 부끄러움 등이 수반될 수 있습니다.

인간은 감정의 동물이라고 흔히 말합니다. 물론 인간은 동물이 아닙니다. 동물이라고 칭하는 것보다는 존재(being)라고 하는 것이 좋겠습니다. 성경에도 하나님이 인간을 창조하시면서 생령(a living soul; 창 2:7)이라고 하셨습니다. 어떻든 인간은 감정이 있기 때문에 존재한다고도 할 수 있습니다. '지렁이도 밟으면 꿈틀한다'는 말은 미물일지라도 감정이 있다는 표현입니다. 그만큼 감정은 존재를 확인하는 매개체입니다.

감정은 각 개인이 자신의 욕구를 충족시키는 쪽으로 작용하므로 개인의 욕구가 정상적으로 충족되었을 때에는 적극적인 정서상태가 나타나고, 이와는 반대로 욕구가 충족되지 못했을 때에는 소극적인 정서상태를 일으킵니다. 또한 감정은 순간순간 변화합니다. 그리고 때로는 자신도 조절할 수 없게 되어버리는 경우도 있습니다. 감정은 어떻게 표현하느냐에 따라서 인간관계가 좋아지기도 하고 악화되기도 합니다.

부모와 자식 간의 관계가 아무리 피로 맺어지고 사랑으로 뭉쳐진 관계라고는 하지만, 거기에도 감정이 없으면 아무런 가치가 없습니다. 감정이 사랑을 만들고 돌보게 하며, 끈끈한 관계를 엮어 주는 것이기 때문입니다. 그런데 이런 끊을 수 없는 관계도 가끔씩 잘못된 감정의 표현으로 말미암아 오해와 갈등의 상황을 초래하기도 합니다.

감정의 발생 원인은 각각 다릅니다. 어떤 감정은 신체적 자극에 대한 반응으로 볼 수 있습니다. 가령 의지할 곳이 갑자기 없어지면 공포심이 일어나고, 자유를 빼앗기면 노여움이 일며, 몸의 어떤 부분을 자극하면 쾌감이 생기고, 겨드랑이나 발바닥을 간지르면 웃음이 나오며, 몸을 세게 치면 고통의 감정이 발생합니다.

또한 감정은 환경이나 타인과의 관계에서 오는 욕구와 충족의 관계에서 생기기도 합니다. 욕구가 충족되면 성취감을 맛보며, 그렇지 못하면 실패감을 가지게 됩니다. 욕구가 충족되지 못하면 초조하거나 화가 나게 되고, 타인과의 관계에서도 승리와 패배의 감정, 열등감과 우월감, 자존심이 상했을 때의 노여움이나 호불호(好不好) 그리고 애증도 생기게 됩니다.

인간관계에서 일어나는 불일치는 대체로 서로의 감정 상태를 이해하지 못하기 때문에 일어납니다. 다른 사람의 감정을 자기의 감정으로 받아들이고 이해하는 것을 감정이입(empathy; 感情移入)이라고 합니다. 우리 부모들은 자녀들을 대할 때 감정이 앞서는 경우가 많고, 자녀들을 감정도 없는 존재로 착각할 때가 많습니다. 혹 자녀에게 체벌을 가할 때, 이 자녀가 지금 어떤 감정일까 생각한다면, 다시 말해서 상대방의 입장이 되어 보면 나의 행동에 좀더 신중할 수 있을 것입니다. 그리고 혹시 부정적인 감정이 발생했거나 존재할 경우에는 속히 환기시켜 해소해 주는 것이 바람직합니다. 상한 감정을 오래 가지게 하면 부모에 대한 부정적인 태도가 형성되기 때문입니다.

부모로서 자신을 돌아보기

■ 나는 자녀의 감정을 어떻게 받아들이며, 어떻게 해소해 주고 있는가?

하나님 아버지!

부모로서 가끔 자녀에게 화를 내며, 체벌을 할 때도 있습니다. 용서하여 주소서.

먼저 자녀의 감정 상태를 확인할 수 있는 지혜를 주시고, 자녀를 야단치려 할 때, 먼저 나의 감정을 조절할 수 있는 능력을 허락하여 주소서.

상한 감정으로 자녀를 야단하지 않도록 하시고, 혹, 자녀의 감정이 상했을 때 성령님께서 속히 치유하여 주소서.

맑고 밝고 건전한 감정을 소유한 자녀로 자라나도록 도와주소서.

예수님의 이름으로 기도합니다. 아멘.

감수성을 길러 주는 부모

청소년기는 대개 감수성(感受性, sensitivity)이 예민한 시기입니다. 감수성이란 사람이 자신의 내·외적 환경의 자극변화에 대응하여 반응을 나타내는 능력으로서 감각의 예민성을 뜻하며, 물리·화학적인 감각적 반응뿐만 아니라 감정적, 정서적 반응의 예민함까지 포함한 의미입니다. 미약한 자극변화에 대해서도 감각되고 이에 반응을 일으키면 감수성이 높다고 합니다.

즉 감수성이란 외부의 물리적 자극에 의한 감각, 지각으로부터 인간의 내부에 야기되는 고도의 심리적인 체험으로 쾌적감, 불쾌감, 불편함 등의 복합적인 감정을 말합니다. 예를 들어, 빛을 보고 단순히 '밝다'라고 느끼는 것보다는 쾌적하다든가 온화하다고 느끼는 것과, 또 음식물에 대하여 '맛있다'라는 감성은 미각의 단맛이나 매운맛 외에 식탁 위의 색채나 접시에 담겨있는 모양에도 관계하며, 먹는 이의 식사 습관이나 인생관과도 밀접한 관계가 있습니다.

감수성의 기초는 감각입니다. 감각이란 외계의 물리적 특성에 대하여 인체의 센서가 느끼는 정도를 말합니다. 감각에는 시각, 청각, 피부감각, 후각, 미각, 체감각 등이 있습니다.

자녀들의 마음을 아름답고 착한 감성으로 기르기 위해서는 그 사람의 마음 상태를 정신적 모델로 형성하는 연습이 중요합니다. 봉사, 친절, 도움, 성의, 선의에 의한 행동을 정신적 모델로 형성하고 상대방에게 공감하기에 따라서 사람의 마음에 대한 감성도 풍부하게 될 것입니다.

자기가 소속한 집단 속에서 자신의 감정과 언행이 다른 사람에게 미치는 영향을 통제하거나 조절할 수 있도록 돕고, 자신의 역할과 자유로운 활동 그리고 책임의 주체가 되며, 집단이나 조직이 변혁되어 가는 역동적 과정을 깨닫는 통찰력 등을 기르는 것이 필요합니다.

이 시기에 자신의 위치와 역할, 그리고 자신이 다른 사람에게 미치는 영향력 등에 대하여 스스로 깨닫게 되면, 자신에 대한 분명한 이해와 태도를 가지게 되며 나아가 인생의 목적과 방향을 스스로 설정하고, 그것을 향하여 나아갈 수 있는 능력이 길러집니다.

부모로서 자신을 돌아보기

■ 자녀의 감수성을 높이는 방법은 어떤 것들이 있습니까?

부모의 기도

권능의 하나님!

우리 자녀들이 이 세상을 살아갈 때 여러 가지 어려움과 환란이 있겠지만 이미 하늘나라 천국백성이요 하늘나라 시민권을 소유한 하나님의 보장받은 자녀가 되었으니, 모든 염려를 주님께 맡기고 말씀대로 살아가게 하소서.

특별히 인간과의 관계에서 하나님의 자녀로서 모범이 되게 하시고, 자신의 감정을 잘 다스릴 수 있도록 성령님께서 도와주소서.

예수님의 이름으로 기도합니다. 아멘.

EQ를 높여 주는 부모

요즘 부모들은 자녀들의 감수성이 점점 메말라간다고 호소합니다. 친구들과 놀 때도 인터넷 게임의 스토리를 그대로 재현하고, 게임에 등장하는 의성어를 내는 자녀들을 보고 자못 당황스러워 하기도 합니다. 또 밖에 나가서 놀라고 등을 떼밀어도 컴퓨터와 노는 것이 더 좋다고 말하는 자녀들을 보며 한숨을 내쉽니다.

골먼(Golman)이란 사람은 감성지능의 창시자인데, 그는 성공한 사람들의 특성을 조사한 결과, 성공한 사람들은 지능(IQ)이 높은 것이 아니라 감성지수(EQ)가 높다는 것을 발견합니다. 성공한 사람들은 다른 사람들과 잘 어울리고 자신의 감정을 잘 조절하는 능력이 우수하다는 것을 발견합니다.

감성지수(EQ; emotional intelligence quotient)란 첫째, 자신의 진정한 기분을 자각하여 이를 존중하고 진심으로 납득할 수 있는 결단을 내릴 수 있는 능력이고 둘째, 충동을 자제하고 불안이나 분노와 같은 스트레스의 원인이 되는 감정을 제어할 수 있는 능력이며 셋째, 목표 추구에 실패했을 경우에도 좌절하지 않고 자기 자신을 격려할 수 있는 능력이요 넷째, 타인의 감정에 공감할 수 있는 공감 능력이요 다섯째, 집단

내에서 조화를 유지하고 다른 사람들과 서로 협력할 수 있는 사회적 능력 등을 말합니다.

그런데 부모들의 대부분이 감성지수를 음악, 문학, 미술에 대한 다양한 경험과 기능으로 알고 있습니다. 어떤 어머니들은 자녀의 감성지수를 높이기 위해 바이올린, 피아노를 동시에 가르치고 미술을 가르치고 발레를 가르치고 독서지도를 받게 합니다. 그러나 감성지능이란 예체능과 문학 등의 기능을 말하는 것이 아닙니다.

자신의 감정과 타인의 정서 상태를 인식하고 행동하고 판단하는데 잘 활용하는 사람을 감성지수가 높다고 합니다. 다른 사람과 나의 정서 상태를 잘 활용하고, 내 정서를 안정적으로 유지하려 하려는 능력이 우수한 사람, 정서적으로 안정적이고 사회성이 좋은 사람을 감성지수가 우수한 사람이라고 합니다.

자녀들에게 자연 속에서 해와 달이 뜨고 지는 방향, 바람이 불어오는 방향과 느낌, 계절마다 변하는 나뭇잎의 색깔, 부서지는 파도와 하얀 거품 등을 바라보며 자연의 오묘함을 느끼고 탄성을 지를 수 있도록 해 주어야 합니다. 자녀들은 자연의 일원이 될 때 행복감을 느끼게 됩니다.

무엇보다도 감성지수는 부모로부터 사랑을 받으며, 신뢰감과 심리적 안정을 느낄 때 감성지수가 발달합니다. 부모와 따뜻한 애정관계를 유지해야 합니다.

자녀의 감성지수를 높이기 위하여 다음과 같은 방법을 사용할 수 있습니다.

자녀의 EQ를 높여 주는 방법

1. 스스로의 감정을 표현하도록 한다.

2. 스스로의 감정을 조절하도록 한다.

3. 기분과 행동은 일치하는 것이 아니라는 점을 알게 한다. - 여러 상황에 대해 생각하고 이야기하고 결과를 상상해 봄으로써 행동에 대한 책임을 인식하게 한다.

4. 타인의 관점에서 이해하도록 한다. - 영화나 소설에 나오는 등장인물이 되어서 그들의 생각을 이해해 본다.

5. 긍정적인 태도를 가지도록 한다. - 매사에 낙관적인 견해를 가지도록 유도한다.

나의 EQ(감성지수)는 얼마나 될까요?

각 상황에서 자신이 생각하는 곳에 "O"를 하세요.

상황	나라면 어떻게 행동 할까?	O
제1상황 앗! 내가 타고 가던 비행기가 마구 흔들리고 있어요.	1. 대수롭지 않게 생각하고 읽던 책을 계속 본다.	
	2. 스튜어디스에게 상황을 물어보고, 구명조끼를 확인해 둔다.	
	3. 무섭기는 하지만 침착하게 행동해야겠다는 생각을 한다.	
	4. 모르겠다.	
제2상황 수학경시대회에 참가 했는데 결과가 좋지 않았어요. 어떤 기분이 들까요?	1. 다음 번에는 입상할 수 있게 학습 계획을 세우고 실천한다.	
	2. 앞으로 더 열심히 해야겠다고 굳게 결심한다.	
	3. 수학경시대회는 중요한 것이 아니라고 내 마음을 달랜다.	
	4. 두 번 다시 이 대회에는 참석하지 않는다.	
제3상황 동생과 놀이터에 갔는데 친구 들이 동생과 같이 놀지 않아서 동생이 울고 말았어요.	1. 내가 나서서 간섭하지 않는다.	
	2. 다른 자녀와 어울려 놀 수 있는 방법을 동생과 생각해 본다.	
	3. 울지 말라고 동생을 타이른다.	
	4. 내 장난감을 주어서 동생의 마음을 다른 곳으로 돌린다.	
제4상황 아빠가 운전하는 차를 타고 가다가 갑자기 끼어든 차 때문에 아빠가 화가 많이 났어요.	1. "아빠 괜찮아요. 아무 사고도 안 났잖아요." 라고 한다.	
	2. 아빠가 좋아하는 음악 테이프를 넣어 틀어 드린다.	
	3. 아빠와 함께 상대방을 나무란다.	
	4. "급한 일이 있었는지 몰라요." 라고 말씀해 드린다.	

제5상황 친구가 많은 사람들 앞에서 말을 못해요. 어떻게 충고해 주어야 할까?	1. 선천적으로 그런 거니까 친구 대신 내가 말해 준다.	
	2. 웅변학원 같은데 다녀 보라고 한다.	
	3. 오히려 그럴수록 사람들 앞에서 이야기하는 기회를 만들어 준다.	
	4. 잘못해도 칭찬을 해서 용기와 자신감을 갖게 해준다.	
제6상황 의논하다가 말다툼을 하고 상대방을 비난했어요.	1. 우리 잠깐 휴식 뒤에 다시 이야기 하는 게 좋다고 말한다.	
	2. 싸움을 중지하고 더 이상 아무 말없이 집으로 간다.	
	3. 나도 모르게 심한 말을 했다고 화해를 청한다.	
	4. 싸움을 그만두고 실제로 의논할 것에 대하여 말한다.	

평가하기

① 각 문항의 점수는 다음과 같습니다.

상황	문항	점수	상황	문항	점수	상황	문항	점수
제1상황	1	10	제2상황	1	20	제3상황	1	5
	2	20		2	15		2	20
	3	15		3	10		3	10
	4	5		4	5		4	15
제4상황	1	5	제5상황	1	10	제6상황	1	20
	2	15		2	15		2	5
	3	10		3	5		3	15
	4	20		4	20		4	10

② 자기가 "O"한 문항의 점수를 합하면 자신의 점수가 됩니다.

  매우우수 : 110점 ～ 120점

우　　수 : 100점 ~ 109점

보　　통 : 80점 ~ 99점

부　　족 : 70점 ~ 79점

부모의 기도

사랑의 하나님!

자녀들에게 날마다 성령충만하게 하시고, 그리스도가 인생의 주인이 되시며, 하나님이 함께 하시는 복을 누리게 하소서.

오늘도 주님과 함께 동행하며 학교에서나 가정에서 착한 자녀로 자라게 하여 주소서. 친구들과도 회목하게 지내게 하시고, 하루하루를 보람 있게 엮어가게 하소서.

자녀들의 마음과 생각을 지키시고 인도하셔서 주님을 따라가게 하시고, 주님의 계획과 뜻을 자녀들의 마음에 새기게 하소서.

예수 그리스도의 이름으로 기도합니다. 아멘.

기질을 잘 알고 돕는 부모

기질은 성격과 거의 같은 의미로 쓰이는 경우가 있으나, 인격의 의지적 측면을 성격이라 하고, 감정적 측면을 기질로 구별하여 쓰기도 합니다. 즉 정서적 표현양식과 환경의 자극에 대한 반응상의 차이를 식별할 수 있는 성격의 개인차를 기질이라고 합니다. 기질은 날 때부터 타고나며, 지속적인 특성이 강하다고 볼 수 있습니다. 그래서 체질이라고 하기도 합니다.

기질을 알면 자녀들의 생활 태도나 재능, 그리고 삶에 대해 조금이나마 방향을 제시해 줄 수 있습니다. 예를 들어 남들이 다 하니까 우리 자녀도 피아노를 가르쳐야 한다는 것은 결국 자녀의 재능을 꺾어 버리는 결과를 가져옵니다. 즉 기질에 따라서 다양한 재능이 개발될 수 있다는 것입니다. 따라서 자녀의 기질을 알면 자녀를 키우는 것이나 교육을 하는 것이 훨씬 쉬울 것입니다.

의학의 아버지로 불리는 히포크라테스는 기질을 '4 체액설'을 말합니다. 즉 우주를 구성하는 4대 기운인 물(水), 불(火), 흙(地), 공기(風)의 기운이 사람 몸에서 담즙질(膽汁質), 흑담즙질(黑膽汁質), 다혈질(多血質), 점액질(粘液質)의 4가지의 체액이 되어 우리의 몸을 이루고 있다고 보았습니다.

담즙질은 급하고 화를 잘 내며 적극적이고 의지가 강하고, 흑담즙질은 우울질이라고도 하며, 신중하고 소극적이며 말이 없고 상처받기 쉬운 비관적인 기질입니다. 다혈질은 쾌활하고 밝으며 순응적이고 타협적이며 기분이 변하기 쉽고, 점액질은 냉정하며 근면하고 감정의 동요와 변화가 적고 무표정하며 끈기가 있습니다.

우리나라에는 '사상체질의학'이라는 것이 있는데, 즉 태양인, 소양인, 소음인, 태음인의 4체질로서, 서양의 '4체액설'과 비슷합니다. 따지고 보면 동서양 모두가 말만 약간 다를 뿐 모두가 같은 말임을 쉽게 알 수 있습니다.

한편 미국에서는 한 연구가 이루어졌는데, 그것은 뉴욕 종단적 연구모형(NYLS)이라고 합니다. 여기에서는 순한 아동, 까다로운 아동, 더딘 아동으로 분류를 했습니다.

① 순한 아동 : 수면, 음식섭취, 배설 등의 일상생활 습관이 대체로 규칙적이며 반응 강도는 보통이며, 새로운 음식을 잘 받아들이고 낯선 대상에게도 잘 접근하며 환경에 대한 적응력이 높다. 대체로 평온하고 행복한 정서가 지배적이다.

② 까다로운 아동 : 생활습관이 불규칙적이고, 환경으로부터의 자극이나 욕구 좌절에 대한 반응 강도는 강하다. 새로운 음식을 받아들이는 속도가 늦고, 낯선 사람에 대해 의심을 하며 적응도 늦다. 강한 정서와

부정적 정서가 자주 보인다.

③ 더딘 아동 : 상황 변화에 대한 적응이 늦고, 낯선 사람이나 사물에 부정적인 반응을 보이나 활동이 적고 반응 강도 또한 약하다. 수면, 음식 섭취 등의 생활습관은 규칙적이지만 순한 아동보다 불규칙하다.

기질을 식별해내고, 그에 알맞게 양육하여 발달과 적응을 도와야 하며, 아동이 상호작용하는 타인과의 기질적인 조화에 대한 노력이 필요합니다.

부모로서 자신을 돌아보기

■ 나의 자녀는 어떤 기질에 속합니까?

부모의 기도

하나님 아버지!

우리 자녀가 하나님이 주신 재능을 잘 발견하여 하나님의 영광을 돌리는 삶을 살게 하시고, 이 세상을 살아갈 때에 타고난 기질을 잘 이용하여 원만한 인간관계를 할 수 있도록 도와주소서.

부모로서 자녀를 양육할 때에도 기질을 잘 파악해서 좋은 성품으로 자라도록 돕는 부모가 되게 하소서.

주님께서도 제자들의 성품대로 사용하신 것을 아오니, 자녀의 성품을 이용하사 주님의 일을 감당할 수 있는 사람이 되게 하여 주소서.

예수님의 이름으로 기도합니다. 아멘.

강박관념을 이기도록 돕는 부모

사소한 생각이지만 뇌리에서 떠나지 않아, 그것을 떨쳐버리려고 하면 할수록 강하게 일어나 자기로서는 어쩔 수 없는 상태를 강박관념(強迫觀念; compulsive idea)이라고 합니다. 가벼운 강박관념은 누구나 평소에 경험하는데, 가령 밤에 문단속을 했는지 몇 번이고 둘러본다든지, 편지 겉봉을 제대로 썼는지 자꾸만 확인하는 일이 이에 속합니다.

강박관념에는 불안이나 공포가 따르는데, 특히 두드러지게 나타나는 것이 공포증입니다. 정신분석 이론에 따르면 강박관념이란 자아(自我)가 긍정하지 못한 드러나지 않은 무의식적인 욕구, 특히 성욕이나 공격욕구가 변장하여 상징적인 형태로 현실 속(의식)에 나타나는 것을 말합니다. 한편 강박관념은 끊임없이 의식으로 나타나려고 하는 과장된 욕구에 대한 상징적인 방어수단일 경우도 있습니다.

강박관념에 빠지기 쉬운 사람은 성격이 내성적이고 소극적이며, 매사에 꼼꼼하고 소심한 동시에 생활에 자신이 없으면서도 공연히 자부심이나 명예욕이 강한 사람들입니다.

사람은 누구나 정리된 삶을 유지하려고 계획과 규칙을 정합니다. 특히 스트레스를 겪을 때에는 더욱더 계획과 규칙에 매달리게 되곤 하는데,

자신의 내면에서 꿈틀거리는 불안과 혼돈을 소화하기 위해 지나치게 경직된 생각과 규칙과 강박적인 행동에 매달리게 되는 것입니다. 이런 강박적인 생각은 대부분 청결, 안전, 분노와 연관된 내용인데, 간혹 성에 집착하는 자녀들도 있습니다. 이러한 자녀들은 자신이 그러한 행동을 멈추려 해도 되풀이되는 생각들 때문에 오랜 시간 손을 씻거나, 지나치게 정리를 하거나, 글씨를 조금만 잘못 써도 지우고 반복하여 확인하는 등의 행동들을 하게 되는 것입니다.

자녀의 강박관념을 없애려면 지나친 부모의 강요나 간섭, 잔소리, 지나친 세밀함이나 까다로움 등은 자녀들에게 강박관념을 형성하게 할 수 있습니다. 이러한 강박관념이 생기지 않도록 부모는 자녀에게 자신감을 갖도록 격려하고, 모든 현실을 긍정적으로 생각하고, 명랑한 생활습관을 가지도록 도와주어야 합니다.

부모로서 자신을 돌아보기

■ 자녀의 강박행동은 어떤 것이 있습니까?

■ 내가 도울 수 있는 것은 무엇입니까?

부모의 기도

하나님 아버지!

이 불안한 세상을 살아가는 동안 저희들에게 하나님의 따뜻한 사랑을 항상 느끼면서 살게 하여 주옵소서.

세상의 불안함 때문에 우리는 가끔 강박관념에 빠지기 쉽습니다. 부모의 잦은 잔소리와 사소한 일에도 간섭하는 일들로 말미암아 자녀에게 강박관념이 생길까 염려됩니다.

자녀에게 불안한 마음이 생길 때, 하나님의 따뜻한 사랑을 느끼게 하시고, 속히 불안감을 제거하여 주시고, 하나님의 평안을 심어 주옵소서.

예수님의 이름으로 기도합니다. 아멘.

친구를 만들어 주는 부모

친구를 사귀지 못하는 자녀를 보면, 놀이 방법을 모르거나 의사소통 기술이 떨어지는 경우, 또는 소극적인 성격을 가진 경우가 많습니다. 친구들 사이에 끼어들려고 한번 시도해 보다가 또래가 놀이에 참여시켜 주지 않으면 쉽게 포기하고 재시도를 하지 않으므로 외톨이가 되거나, 반대로 놀이를 방해하거나 자기주장만 내세우고 양보하지 않는 자녀나 공격적인 성향을 보이는 자녀 역시 친구들과 잘 어울리지 못합니다.

그러나 초등학교 저학년의 경우 자녀에게 단짝 친구가 없다고 해서 친구와 잘 못 어울린다고 걱정하기 쉬운데, 이는 크게 문제가 되지 않습니다. 이 시기에는 여러 명의 자녀들과 친하게 지내는 수가 많기 때문에, 놀이 등을 하면서 친구 관계가 만들어지기도 합니다. 한편 부모끼리 친하면 자녀끼리도 친해지기 쉬운 시기가 바로 이때이므로, 부모들이 자녀들을 친하게 지내도록 도와줄 수 있습니다.

자녀의 성향에 따라서 리더 역할이 편한 자녀가 있는가 하면 참모 쪽이 편한 자녀가 있다는 점, 그리고 활동적인 자녀가 있는가 하면 정적인 것을 좋아하는 자녀가 있다는 점도 염두에 둬야 합니다. 내 자녀가 리더가 아니라는 이유로, 활동적으로 놀지 않는다는 이유로 친구 없는 외톨이로 판단해서는 안됩니다. 내 자녀가 외톨이라고 착각하는 경우에는 부모가 자녀의 친구 관계에 깊이 개입하기 쉽고, 오히려 자연스러운 또래 관계 형성을 방해할 수도 있습니다.

내 자녀가 친구와 잘 사귀고 있는지 어떤지는 자녀와 대화를 나눠 보면 알 수 있습니다. 예를 들어 친구에 대해 물어봤을 때 이야기하기를 꺼려하거나, "좋았어", "재미있었어" 등과 같이 단순하게 대답할 경우엔 친구 관계를 의심해 볼 수 있습니다.

친구와 잘 어울리지 못하는 가장 근본적인 원인은 자녀에게 자신감이 부족하기 때문입니다. 그러나 소극적인 자녀를 적극적으로 변화시키려는 노력이 오히려 부작용을 낳을 수 있습니다. 오히려 자녀가 잘하는 놀이를 통하여 다른 자녀들에게 인정받을 수 있도록 도와주는 것이 좋습니다.

간혹 친구를 사귀지 못하는 자녀 중에는 공격적인 행동을 하거나 또래의 놀이를 방해하는 경우가 있습니다. 이런 자녀들은 친구들이 싫어하게 되고 소외되기 쉽습니다. 자녀에게 자신의 행동에 대해 다시 생각하게 하고, 상대방의 입장에서 생각하는 습관을 길러 주어야 합니다.

나아가서 자녀에게 다른 친구들의 장점을 찾아보게 하고, 그 친구를 칭찬하도록 합니다. 자신에게 호감을 가지고 좋게 말하고 칭찬하는 자녀에게 관심이 가는 것은 당연하기 때문에, 이런 연습은 친구들의 관심을 끄는 계기가 될 수 있습니다.

■ 자녀들의 친구는 누구이며, 그들과의 관계는 어떠한가?

부모의 기도

인도자가 되시는 하나님!

우리들의 자녀가 이 세상에 태어나서 하나님의 자녀로 살아가게 하시니 감사합니다.

자녀들에게 지혜를 주시고, 세상을 살아가는 동안에 좋은 친구들을 사귈 수 있도록 도와주소서.

친구의 소중함을 깨닫게 하시고, 친구를 사랑하는 마음을 주소서. 속담에 '친구 따라 강남 간다'는 말이 있듯이, 좋은 친구를 만나서 좋은 일들을 함께 나누며 살아가게 하소서.

무엇보다도 주님께서 자녀의 유일한 친구가 되어 주시고, 기쁠 때나 슬플 때나 주님을 의지하며, 주님을 따라 천국으로 향하여 나아가게 하소서.

예수님의 이름으로 기도합니다. 아멘.

강화를 잘하는 부모

자녀가 잘못을 했을 때 화를 내고 싶어도 자칫 역효과가 일어날까봐 이러지도 저러지도 못할 때가 많습니다. 이럴 경우에는 흔히 '칭찬을 많이 할수록 자녀에게 좋다'고 합니다. 그렇지만 실제로 자녀들을 기르다 보면 소리치지 않고, 벌을 주지 않고 자녀를 키우기 힘든 것이 사실입니다.

자녀를 올바르게 키우기 위해서는 긍정적인 칭찬이 필요하며, 때론 벌을 주는 것이 효과적일 수도 있습니다. 벌을 주는 경우 벌의 정당성이 확보되어야 하고 벌을 주는 부모의 애정 어린 매라는 것이 자녀에게 전달되는 것이 필요합니다. 벌이 부모 입장에서는 손쉽게 사용할 수 있는 방법이지만, 그 효과가 크지 않다는 것이 일반적인 견해입니다. 벌보다는 자녀의 바람직한 행동을 강화시켜 주는 방법이 더 좋습니다. 그러기 위해서는 자녀의 작은 행동의 변화에 대해서 세밀하게 관찰하고 적절한 보상을 해주는 것이 필요합니다.

강화(强化; Reinforcement)란 어떤 바람직한 행동이나 반응을 더 많이 하도록 하는 자극이라고 할 수 있습니다. 강화란 말의 영어단어 'reinforcement'를 분해해 보면, '다시(re)-안으로(in)-힘을(force)을 불어넣어 주는 것'을 의미합니다.

강화에는 두 가지가 있습니다. 긍정적 강화는 자녀의 바람직한 행동에 대하여 칭찬이나 상, 금전적 보상 등 자신의 행동에 대하여 만족감을 주는 자극으로서 반응이나 행동발달을 촉진시키는 역할을 합니다. 이에 비하여 부정적 강화는 자녀에게 바람직한 행동이 일어날 수 있도록 그것을 방해하는 요소들을 제거해 주는 것을 의미합니다. 그러나 부정적 강화는 벌이나 꾸중, 지위의 박탈 등과 같이 불쾌한 자극과 같이 반응이나 행동을 감소시키거나 소멸시키는 역할을 하는 것은 아니라, 바람직한 행동을 많이 일어나게 하는 것입니다.

부정적인 강화의 예를 들면, 자녀가 공부를 하려고 하지만, 공부를 방해하는 것이 TV나 오락이라면, 그것을 자녀로부터 멀리하여 줌으로써 공부를 잘하도록 하는 것이 됩니다.

자녀의 잘하는 행동에는 무관심하다가 잘못하는 행동에 대해서만 민감하게 반응하는 것은 바람직하지 않습니다. 자녀들에게 적합한 보상기법이나 체벌 방식이 특별히 있는 것은 아니지만, 자녀들에게 불쾌한 감정을 유발시키는 방법보다는 자녀가 누리고 있는 것을 하지 못하도록 하는 방식이 더 효과적입니다. 즉 매를 든다거나 손들고 서 있기를 시키기보다는 컴퓨터 게임을 못하게 한다거나 만화영화를 보지 못하게 하는 등의 방법이 더 바람직합니다.

무엇보다도 중요한 것은 자녀들이 항상 부모의 사랑을 느끼고 살 수 있도록 하는 것이며, 일상생활에서 부모가 모범을 보이는 것이 가장 좋은 방법일 것입니다.

부모로서 자신을 돌아보기

■ 자녀의 공부를 방해하는 요소는 무엇입니까?

■ 그 방해하는 것을 어떻게 해야 공부를 잘하게 할 수 있을까요?

부모의 기도

거룩하신 하나님!

우리가 하나님을 믿는다고 하지만 정작 중요한 것을 하나님께 맡기지 못하는 경우가 많습니다. 특별히 우리 자녀들을 온전히 하나님께 맡기게 하옵소서.

하나님께서 우리들에게 허락하신 자녀를 우리들의 자녀가 아닌 하나님의 자녀로 키우기를 원합니다. 사랑의 훈계와 하나님의 말씀으로 양육할 수 있는 지혜를 주시고, 하나님의 기이하신 은총이 자녀들의 삶과 미래에 나타나게 하옵소서.

우리 자녀들을 소중한 한 인격체로 항상 대하게 하시고, 그들에게 믿는 부모의 삶을 보일 수 있도록 도와주시고 무엇보다도 기도하는 부모가 될 수 있도록 가르쳐 주옵소서.

예수님의 이름으로 기도합니다. 아멘.

● 좋은 부모가 되기 위한 자문자답

항 목	그렇다	아니다	모르겠다
1. 나의 어린 시절을 기준으로 내 생각을 자녀에게 일방적으로 강요하고 있지는 않은가?			
2. 자녀의 등교시간이나 식사시간을 잔소리하는 시간으로 쓰고 있지는 않은가 ?			
3. 나의 잘못을 인정하기 싫어서 자녀를 핑계 삼은 적은 없는가?			
4. 이미 저지른 잘못에 대해 자녀가 깨달았음에도 불구하고 두고두고 되풀이하여 야단친 적은 없는가?			
5. 자녀에게 잘 대하고 못 대하는 것이 내 기분에 의해 좌우된 적은 없는가?			
6. 자녀가 힘들어 할 때 잘잘못을 따지지 않고 조용히 격려해 주는가?			
7. 자녀와 가장 친한 친구는 누구인지, 자녀가 좋아하는 사람은 누구인지 알고 있는가?			
8. 자녀가 무엇을 잘하고, 무엇이 되고 싶어 하는지를 알고 있는가?			
9. 자녀가 이룬 것이 아무리 사소할지라도 진심으로 기뻐하고 칭찬해 주는가?			
10. 자녀와 함께 즐겁게 노는 시간을 갖고 있는가?			

● **부모-자녀 간의 의사소통 방법 12가지**

1. 서로 헤어져 있다가 만날 때 미소로 맞는다.

2. 피곤해 있거나 감정적으로 흥분해 있을 때 심각한 주제의 이야기는 피한다.

3. 진정으로 하고 싶은 말을 할 때까지 인내하는 마음으로 기다린다.

4. 말과 표정이나 몸짓으로 전달하는 메시지가 서로 일치하도록 노력하고 이야기 중간중간에 "알아." "이해해.", "그래."와 같은 말로 동의를 표현해 준다.

5. 자녀가 좋은 일을 했을 때 칭찬을 해주고 부모의 기쁜 마음과 말로 표현하라.

6. 자녀의 말을 잘 이해하지 못했거나 의도를 깨닫지 못했을 때 다시 한 번 말해 주길 요청한다.

7. 말을 끊지 않고 하찮은 말이라도 끝까지 들어준다.

8. 대화 중에 자녀가 말하고 싶어 하는 속마음을 읽어 주고 부모의 속마음도 표현한다.

9. 문제에 대한 해결방법이나 자신의 의견은 여유를 갖고 마지막에 제시한다.

10. 부정적인 말을 하려는 충동을 억누른다.

11. "왜~" 보다는 "무엇이"라는 의문사로 말을 시작한다.

12. 감사를 전하는 작은 메모를 식탁 위에나 침실 거울에 붙여두는 창
    의적인 대화를 연구한다.

● 미련한 부모와 지혜로운 부모

[미련한 부모는]

1. 자녀를 서로 비교합니다.

2. 자녀의 약점을 놀리거나 비웃습니다.

3. 자주 물질적 보상을 자녀에게 사용합니다.

4. 자녀에 대한 사랑을 조건부로 말한다.

5. 합리적으로 거절하는 것을 두려워합니다.

[지혜로운 부모는]

1. 자녀가 순종하기를 기대하고 있음을 나타냅니다.

2. 좋은 방향으로 자라도록 격려하고 도와줍니다.

3. 자녀가 스스로의 의사를 표현하도록 합니다.

4. 부모로서 실수를 정직하게 인정합니다.

5. 징계는 훈련의 과정이고 장기전임을 명심합니다.

제2부
이런 자녀가 되게 하소서

남이 오면 드세지는 자녀를 위하여

집에 손님이 왔을 때나, 남이 보는 앞에서 노래나 춤 등을 더 열심히 잘하려고 하는 자녀들이 있는가 하면, 반대로 쑥스러워하고 피하는 자녀도 있습니다. 이러한 현상을 관객효과(audience effect; 觀客效果)라고 합니다.

관객효과란 '남이 보고 있다'는 사실에 심리적인 영향을 받아서, 아무도 안 보는 데서 하는 작업에 비해 남이 보는 앞에서 행동의 질이나 양이 향상되거나 또는 저하되는 효과가 나타나는 것을 의미합니다.

관심을 끌려는 자녀의 행동을 보기만 하고, 가만히 관찰하고 있기보다는 관심을 가지고 칭찬하거나, 반대로 야단칠 때 그 효과는 더 크게 나타나며, 같은 동료가 있어 경쟁상대가 될 때 그 효과는 더 크게 나타나게 됩니다.

이런 관객효과가 긍정적으로 작용하느냐 부정적으로 작용하느냐 하는 것은 행동의 종류, 행동자의 성격, 태도, 능력, 그것을 지켜보는 사람과의 관계 등 여러 조건이 얽혀서 작용하기 때문에 일률적으로 규정할 수는 없습니다. 자기가 좋아하는 사람이 오면 관심을 보이고 싶어서 보라는 듯 더 호들갑을 떨고, 싫어하는 사람이 오면 오히려 미움을 사는 행동을 더 많이 하는 것을 볼 수 있습니다.

이런 태도는 부모가 자녀에게 주는 태도와 관련이 있습니다. 평소에 자녀에게 질서와 규칙을 강조하고 엄격하게 양육하면, 자녀는 부모에게로부터 관심을 사고 싶은 행동의 기회를 놓치게 되기 때문에, 외부에서 친척이나 손님이 오면 그 기회를 이용하여 자기를 나타내려는 것입니다. 그러므로 평소에 자녀의 관심과 요구를 수용하여 욕구불만을 해소하고, 다른 사람이 보든 안 보든 자기의 일을 스스로 할 수 있도록 하는 태도를 길러 주는 것이 바람직합니다.

우리 자녀 돌아보기

■ 손님이 오시면 자녀는 어떤 행동을 하는가?

■ 자녀의 행동을 감소시키려면 어떻게 하는 것이 좋은가?

자녀를 위한 기도

하나님! 우리 자녀가 이런 사람이 되게 하소서.

작은 일에도 감사하며, 모든 일에 긍정적이고 적극적인 자세로 임하는 이가 되게 하소서.

남을 배려할 줄 알고, 이웃을 사랑하는 이가 되게 하시며, 이웃과 나누고 섬기고 더불어 사는 마음 따뜻한 이가 되게 하소서.

겸손함으로 자신을 잘 다스리고, 이웃에 필요한 사람이 되게 하시며, 이웃의 아픔에 같이 아파하며 봉사하는 이가 되게 하소서.

힘든 일이 있어도 포기하지 않고 재도전하는 용기를 얻게 하시고, 남을 이해하고 용서할 줄 아는 자녀가 되게 하소서.

내가 남에게 바라는 대로 먼저 남에게 베푸는 자녀가 되게 하시고, 주님 안에서 항상 기쁘게 사는 이가 되게 하소서. 주님을 통해서 세상을 바라보고, 세상을 통해 주님을 느끼는 자녀가 되게 하소서.

사랑하는 사람 속에서만 아니라 미워하는 사람 안에서도 주님의 음성을 들을 수 있는 이가 되게 하시고, 싫어하고 미워하는 사람 안에서도 하나님이 계심을 깨달을 수 있는 자녀가 되게 하소서.

예수 그리스도의 이름으로 기도합니다. 아멘.

공격적인 자녀를 위하여

'쥐도 궁지에 몰리면 고양이를 문다'는 말이 있습니다. 아무리 약한 존재라고 할지라도 강자에게 대한 거부감이나 불쾌감의 한계가 지나치게 되면, 그것은 그 대상에 대한 공격적인 태도를 갖게 만듭니다. 이것을 공격행동(攻擊行動; aggressive behavior)이라고 합니다.

자녀들을 관찰해 보면, 자기가 가진 장난감이나 과자는 자기의 것으로서 보호하려는 마음이 있습니다. 만일 다른 자녀가 그것을 빼앗으려고 하면 본능적으로 그것을 보호하려는 행동이 나타나게 됩니다. 그리고 그 보호하려는 능력이 부족할 때는 때리거나 입으로 무는 공격적인 태도가 나타나게 되는 것을 볼 수 있습니다.

자녀들은 평소에 칭찬과 인정을 많이 받게 되면, 그 만족스러움 때문에 당장 원했던 욕구가 좌절되어도 당장 충족시키려는 행동을 자제할 수 있게 됩니다. 그러나 관심과 인정이나 심리적 만족감이 채워지지 않고, 대신 채울 수 있는 대안도 없게 되면 실망감으로 좌절하게 됩니다. 이런 상황에서 자녀는 자신의 요구를 묵살하거나 거부하는 어른의 행동이나 말이 못마땅하고 나쁘게만 느껴지며, 이것이 쌓이면 내면에서는 심한 공격적인 성향이 싹트는 것입니다.

공격행동은 자기 강화(强化)를 통해서 실행에 옮겨질 가능성이 많은데, 다른 자녀를 때리고 나서 친구들로부터 신임을 얻게 되면 공격행동은 늘어나게 됩니다. 폭력적인 비디오를 모방하여 공격적인 행동을 하기도 합니다. 그러나 공격행동이 옳지 않고, 도덕적으로나 사회적으로 비난과 처벌을 받을 수 있다는 것을 자녀가 알게 되면 억제시킬 수 있습니다.

충동적으로 불쑥 튀어나오는 성냄(화)은 대체로 순종적인 자녀들에게서 많이 보입니다. 응석받이라든가 지나친 과잉보호를 받는 자녀, 어리게만 취급당하는 자녀, 지나친 규율로 교육받은 자녀들은 부정적인 감정과 공격적인 성향들을 오랫동안 억누르게 되고, 이것이 한계에 달하면 아주 사소한 동기로 인해서 발끈 치미는 화로 폭발됩니다. 그러나 이때 이러한 분노를 어떻게 외부로 표현하고 발산해야 하는지 모르기 때문에 자신의 감정을 안으로 숨기려 합니다. 대신 이러한 화는 우회적으로 나타나게 되는데, 자기보다 약한 존재나 동물을 잔인하게 학대하거나 타인의 고통에 대해 공감하지 못하는 식으로 나타나기도 합니다. 이런 자녀가 성장하게 되면 냉정한 사람이 되어 남의 입장이나 감정을 읽지 못하게 됩니다.

그러므로 공격적인 자녀들에게 벌을 가하는 것은 오히려 심한 공격성을 싹트게 합니다. 체벌을 자주 경험하는 자녀는 안전함에 대한 의식과 자존감이 약화되고, 이에 대한 저항수단으로서 강한 공격적 행동을 하게 됩니다. 어릴 때 맞아본 사람이 커서 자식을 때리는데, 맞아보지 않은 사람은 자녀를 때리지 않습니다. 결국 매도 대물림 되는 것입니다.

자녀들의 공격성을 줄이기 위해서는 야단치거나 벌을 주기보다는 먼저 자녀의 분노에 대하여 공감해 주고, 분노를 발산시키는 기회를 주어야 합니다. 나아가서 '미운 자식 떡 한 개 더 준다'는 말처럼, 자녀에게 진실한 관심과 사랑으로 안아 주는 것이 필요합니다.

우리 자녀 돌아보기

■ 자녀에게 공격적인 행동은 어느 때에 나타납니까?

■ 공격적이고 화를 낼 때에는 어떻게 대하는 것이 좋습니까?

자녀를 위한 기도

하나님 아버지!

하나님께서 주신 귀한 선물인 자녀들을 사랑으로 양육할 수 있도록 지혜를 주옵소서.

자녀가 대항하고 공격적이게 되는 것은 부모로서 양육을 잘하지 못한 것을 깨달았사오니, 벌을 주기보다는 자녀를 인정할 수 있는 마음을 허락하여 주시고, 사랑으로 보듬을 수 있도록 하옵소서.

자녀의 마음 속에 불평과 불만이 쌓이지 않도록 하여 주시고, 예수님을 바라보고 예수님의 십자가에 모든 것을 내려 놓을 수 있도록 도와주옵소서.

예수님 이름으로 기도합니다. 아멘.

감정을 조절할 수 있는 자녀

요즘 자녀들 중에는 아주 사소한 일에도 크게 화를 내는 자녀들이 많습니다. 친구가 실수로 저지른 잘못에도 거칠고 공격적으로 대응합니다. 이런 자녀들은 대개 자기의 감정을 조절하지 못하기 때문이라고 합니다.

그런데 대부분의 부모들은 자녀가 어떤 감정을 나타낼 때, 자녀의 감정을 이해하고 풀어주는 것이 아니라, 오히려 그에 대응하는 감정을 나타냄으로 자녀와 격한 감정의 관계를 만들게 됩니다. 야단치고 화를 냄으로써 자녀의 감정표현의 기회를 억압하거나, 자녀에게 관심을 보이지 않으면 자녀는 자기감정 때문에 부모와의 관계가 잘못되어가고 있다고 생각합니다. 그래서 부모와의 관계를 유지하고 안전하게 보살핌을 받기 위해서 자기감정을 억누르고 무감각하게 살아가려고 합니다. 그러므로 부모는 자녀의 감정을 받아들이고, 충분히 감정을 풀도록 도와주어야 합니다.

감정은 기쁨, 행복함, 즐거움과 같은 긍정적인 감정으로부터 노여움, 분노, 슬픔과 같은 부정적인 감정에 이르기까지 다양한 형태로 존재합니다. 요즘 웃음치료라는 것이 상처받은 사람들의 마음을 치료해 주는 것과 같이, 감정은 일상에서 피할 수 없는 긴장들을 해소해 주는 역할을 하며, 마음의 상처를 치유할 수 있도록 도와주기도 합니다. 자녀가 감정을 자유롭게 느끼고 표현하는데 주저하지 않고, 하기 싫은 일이나 고통스러운 일, 눈물을 흘리는 일을 부끄러워하지 않도록 키워야 합니다. 부모가 자녀의 감정을 제대로 인식하고 표현할 수 있도록 하려면 먼저, 자녀의 입장에 서서 '나라면 어떨까' 하는 생각을 '우리 애가 이런 기분이었겠구나'라고 자녀의 입장이 되어보는 것에 충실해야 한다. "~한 것 같구나", "~해 보이는 구나", "~하고 싶은가 보다", "~한 것 같구나"라고 있는 그대로 자녀의 감정을 읽어 주는 것이 좋습니다.

부모들은 자녀의 감정을 적절한 말이나 행동으로 표출할 수 있도록 도와 줘야 합니다. 가장 바람직한 것은 자신의 상한 감정을 말로 표현하는 것입니다. 자녀들이 엄마에게 화를 내면서 나쁜 말을 할 때, "누가 엄마한테 그런 나쁜 말을 해?"라고 야단치지 말고, "엄마한테 진짜 많이 화났구나."라고 말하면 자녀의 분노가 많이 가라앉게 됩니다. 그리고 자녀에게 분노의 감정이 들 때 "난 네가 ~해서 화났어."라고 말할 수 있도록 가르친다면, 분노의 감정을 조절할 수 있는 좋은 방법이 될 것입니다.

어린 자녀라면 부모가 자녀에게 다양한 어휘를 사용하여 감정을 표현한다면, 자녀도 감정을 인식하고 표현하는데 큰 도움이 됩니다. 만약 자녀의 감정을 읽고 그대로 표현하는 것이 어렵다면, 우선 가벼운 스킨십도 좋습니다. 손으로 자녀의 등을 쓸어 주거나 따뜻하게 안아 주는 것만으로도 자녀는 자신의 감정이 존중되어졌다고 느낄 것입니다. 자녀는 자신의 감정이 인정되고, 그로부터 자신이 존중받는 느낌을 가지게 되면, 자

기 감정에 대해 스스로 알게 됩니다. 자기의 감정을 이해하게 되면 자녀
는 좀더 쉽게 감정을 조절하고 마음을 다스릴 수 있게 됩니다. 또한 자
녀들은 놀이를 통해서 자유로움을 느끼고 성장합니다. 놀이는 기쁨의 감
정을 자유롭게 표출시키고, 즐거움을 배가시켜 줍니다. 놀이는 긍정적인
정서의 표현뿐만 아니라 두렵거나 견디기 힘든 고통의 감정까지 풀어내는
역할을 해 줍니다. 그러므로 충분히 놀 수 있는 기회를 주어야 합니다.

우리 자녀 돌아보기

■ 자녀가 화가 날 때 어떤 행동을 합니까?

■ 자녀가 화낼 때 나는 어떻게 대합니까?

■ 내가 고쳐야 할 것은 무엇입니까?

부모로서 자신을 위한 기도

인자하신 하나님!

자녀를 양육할 자녀의 감정을 상하게 하고, 감정으로 자녀에게 체벌을 할 때도 많았습니다. 제 감정을 다루지 못하고, 상한 감정을 자녀에게 전가하여 자녀의 마음을 상하게 한 것을 용서하여 주소서.

함께 즐거워하며, 함께 슬퍼할 수 있는 부모가 되게 하시고, 자녀가 두렵거나 견디기 힘든 고통의 감정까지 이해하며 품어줄 수 있는 부모가 되게 하소서.

나의 감정을 조절할 수 있음으로 인하여 자녀도 자신의 감정을 조절할 수 있게 하여 주소서.

예수님의 이름으로 기도합니다. 아멘.

스트레스를 잘 극복하도록

긴장(tension; 緊張)은 감정, 감각, 행동의 원인이 되는 심적 힘을 표현하는 심리학적 개념이며, 단순한 감정표시로 보기도 합니다.

긴장을 하면 우리 몸에서 아드레날린(adrenaline)이라는 신경전달 물질이 분비됩니다. 이 물질은 몸의 저항력을 높이고 심장과 호흡기의 기능을 도와주며, 뇌에도 활력을 불어넣어 줍니다. 뇌가 힘없이 축 늘어져 있으면 기억력도 좋아지지 않습니다.

뇌의 입장에서 보면 긴장감은 매우 반가운 심리상태이기도 합니다. 흔히 수험생들이 긴장한 탓에 시험을 망쳤다고 투덜거리는데, '긴장한 덕분'에 실력 이상의 힘을 내는 경우도 적지 않습니다. 물론 과도한 긴장감이 오랫동안 지속되면 오히려 부작용을 일으키지만, 짧고 적당한 긴장감은 뇌가 제 실력 이상의 능력을 발휘하게 도와줍니다.

기분 좋을 정도의 적절한 긴장감을 유발시키는 것, 바로 그것이 우리의 뇌를 살아나게 합니다. 짧고도 적당한 긴장감을 유지시켜 주면, 뇌가 제 실력 이상의 능력을 발휘할 수 있는 환경을 계속해서 만들어 주어, 좀 더 생동적이게 해 줍니다.

그리고 스트레스(stress)는 물리적, 정신적으로 외부로부터 힘이 더해

지고 있는 상태를 나타내며, 의학에서는 스트레스를 정신적, 신체적으로 자극이 계속되어 비정상인 상태를 만드는 요인(긴장)으로 봅니다. 영어 sterss의 의미는 압력, 응력, 긴장 등으로 설명되며, 흔히 긴장과 스트레스를 같이 사용합니다.

스트레스란 자극이나 변화에 대한 인체의 적응이 원활하게 일어나지 못한 부적응의 상태를 의미하며, 단순히 변화가 있다는 것만으로도 그것이 비록 좋은 변화라도 스트레스를 받을 수 있으며, 이에 대처하는 방식도 스트레스가 될 수 있습니다.

스트레스를 느끼는 정도는 사람마다 다릅니다. 같은 상황에서도 어떤 사람은 스트레스를 적게 느끼고, 어떤 사람은 스트레스를 많이 느낄 수 있습니다. 출생 후 아동기까지는 스트레스에 취약하고, 다양한 스트레스성 정신 장애가 흔한 시기이며, 청소년기엔 학업과 입시로 인한 스트레스를 주로 받습니다. 현행 입시제도와 학벌 위주의 사회 풍조가 계속되는 한 정신과 전문의라도 풀어줄 수 없을 것입니다. 문제는 이 스트레스가 학업 중단의 사유가 된다는 것입니다.

청소년들은 또 가족관계에서도 많은 스트레스를 받습니다. 가정불화나, 가족의 해체, 가족 간 대화가 부족한 경우에는 더 많은 스트레스를 받게 됩니다. 전문가들은 자녀와 매일 최소 10분간 대화(특히 부자 간)를 나누고, 가족 간 교류를 늘리며, 너무 무리한 요구를 하지 말고, 자녀의 문화와 욕구를 잘 이해하며 여유를 가지고 대하는 것이 중요하다고 합니다.

어떻게 보면 긴장의 지속적인 상태로 말미암아 심적으로 압박을 받게 되면 그것이 스트레스가 되는 것이라고 할 수 있습니다. 약간의 긴장은 심적으로나 육체적으로도 유익한 것이지만, 스트레스 상황으로 몰아가서는 안될 것입니다.

우리 자녀 돌아보기

■ 자녀는 어떤 때 긴장하게 됩니까?

■ 자녀가 스트레스를 받는 상황은 어떤 경우입니까?

■ 스트레스를 해소시켜 주는 방법은 무엇입니까?

자녀를 위한 기도

위로의 하나님!

자녀들도 세상에서 살아가는 동안 많은 스트레스를 받게 됩니다. 그때마다 하나님 함께 하시고, 자녀들에게 위로를 주소서.

공부와 시험 때문에 받는 스트레스, 친구들 관계에서 받는 스트레스, 부모에게 잔소리 듣고 받는 스트레스 등등 이 모든 스트레스들을 하나님의 말씀으로 완화시키고, 말씀으로 새로운 힘을 얻어 활기차게 살아가게 도와주소서.

그 모든 스트레스들을 극복함으로써 앞으로 겪어야 할 더 큰 시련들을 이길 수 있게 하여 주소서.

예수님의 이름으로 기도합니다. 아멘.

불안과 공포를 이기도록

불안(anxiety; 不安)은 안정의 상태를 유지하지 못하는 현상을 말할 뿐 아니라, 곧 다가올 미래에 대한 불길한 예감을 포함합니다. 무엇이 두렵다는 것은 그 상상력이 움직이기 시작한 결과입니다. 불안은 평온함이 가지는 정체성과는 달리 어떤 움직임으로 표현됩니다. 무엇인가 알 수 없는 사이 하나의 운명으로 닥쳐오는 그 움직임을 상상하는 행위가 바로 불안입니다.

불안은 잘 유지해 왔던 균형이 깨어지는 것입니다. 그런데 무엇인가 깨어진 균형을 다시 바로잡으려는 마음이 움직이면서 삶에 활력이 일어나기 시작합니다. 무엇인가 미완의 상태, 채워지지 않는 갈급함은 불안을 가져오며, 어쩌면 그것은 생을 이끄는 가장 중요한 에너지원일지도 모릅니다.

대부분의 사람들은 불안을 없애려고 합니다. 불안은 편안함이나 열정이 방해된 상태이므로 어떻게 하면 열정을 꽃피울 수 있을지, 어떻게 하면 이미 존재하는 아름다운 에너지를 잘 흐를 수 있게 할까를 고민하고, 극복하거나 없애는 것보다 이미 존재하는 것을 바라보고 기다리는 게 훨씬 더 수월하지 않을까 생각합니다.

그리고 공포(fear; 恐怖)는 어떠한 대상에 대하여 두려워하거나 어떠한 관계를 맺기 싫어하는 감정입니다. 공포에 빠진 사람은 대체적으로 불행합니다. 공포에 빠진 사람은 판단 능력이 상실되며, 근육이 떨리고 심장 박동이 빨라지고 안구가 빠르게 요동치게 됩니다. 그래서 공포에 빠진 인간은 실수를 하기가 쉽습니다.

상당수의 인간은 신과 같은 절대적인 존재에게 공포를 느끼고 있습니다. 신이 인간에게 별다른 위협을 가한 것도 아니며, 신이 인간에게 적대적인 존재도 아닌데 인간은 신에게 공포를 느낍니다. 이는 자신이 꺾을 수 없는 존재에 대한 자연적인 공포이며, 이는 인간의 일상생활에서 자신보다 높은 지위에 있는 사람을 두려워하는 것과 같은 이치입니다.

이러한 자연적인 공포는 상대방이 자신에게 직접적인 위협은 하지 않고 있지만, 상대방의 힘이 충분히 자신에게 피해를 입힐 수 있을 것이라고 짐작되면 그러한 상황이 올 가능성을 생각하고 자연적으로 그들과 관계를 맺고 싶지 않아 하는 것입니다. 어떻게 보면 부모가 자녀에게 공포의 대상이 될 수도 있고, 선생님이 공포의 대상이 될 수도 있습니다.

그러므로 불안은 두려움의 대상이 보이지 않거나 미지의 것일 때 나타나는 심리적인 현상이며, 공포는 두려움의 대상이 실체로 나타날 때 생기는 것으로 생각할 수 있습니다. 흔히 시험불안과 시험공포라는 말을 많이 쓰는데, 시험불안은 시험에 어떤 문제가 나올 것인지 모르기 때문에 두려운 것이고, 시험공포는 시험의 결과로 인하여 자신에게 닥칠 환경에 대한 두려움으로 볼 수 있습니다. 이것이 지나치면 공포증이 되는 것입니다.

공포증에 걸리면 자녀들은 쉽게 헤어나지 못합니다. 그것은 공포의 대상으로 상징되는 사물과 관련하여 과거에 자기가 위험에 처하게 되었거나, 자기 원망과 좌절 등 불쾌한 체험을 가지고 있기 때문입니다.

우리 자녀 돌아보기

■ 자녀들이 불안해 할 때는 어떤 경우입니까?

■ 자녀가 공포를 느끼는 때는 언제입니까?

■ 자녀의 불안과 공포를 없애 주는 방법은 무엇입니까?

자녀를 위한 기도

사랑의 하나님!

우리 자녀들로 하여금 세상에 사는 동안 원망과 좌절 등 불쾌한 경험을 하지 않게 도와주소서.

주님께서 동행하지 않으신다면, 우리는 한 시도 안심할 수 없고, 주님이 없으면 우리는 항상 불안과 공포를 느끼게 됩니다.

갈리리 바다에서 물 위로 걸어오신 주님, 제자들에게 "내니 두려워 말라"고 말씀하여 주신 주님. 자녀들이 불안을 느끼고 두려워 할 때, 주님이 가까이 다가오셔서 제자들에게 하신 것처럼 말씀하여 주소서.

늘 주님과 동행하게 하시며, 불안과 공포를 넘어 주님이 이끄시는 대로 하나님의 영광을 위하여 살아가게 하여 주소서.

예수님의 이름으로 기도합니다. 아멘.

공주병과 왕자병이 있는 자녀들을 위하여

요즘은 대놓고 자기 자랑을 늘어놓는 자녀들이 많습니다. 쉬운 단어로 표현하면 '왕자병' 내지는 '공주병'입니다. 반대로 자기가 사랑받지 못하는 것을 못 견디는 자녀들도 있습니다. 그래서 사랑 받기를 원해서, 주목을 끌기 위해서 공주처럼 왕자처럼 행동하는 자녀들도 있습니다. 이 자녀들은 자기애(自己愛)를 주변 사람들의 말과 행동으로 인정받고 싶어 하는 것입니다.

나르시시즘(Narcissism)이란 말은, 물에 비친 자신의 모습에 반하여 자기와 같은 이름의 꽃인 나르키소스, 즉 수선화(水仙花)가 된 그리스 신화의 미소년 나르키소스와 연관지어, 독일의 정신과 의사 네케가 1899년에 만든 말입니다. 자기의 육체를 이성의 육체를 보듯 하고, 또는 스스로 애무함으로써 쾌감을 느끼는 것을 말합니다. 예를 들면, 한 여인이 거울 앞에 오랫동안 서서 자신의 얼굴이 아름답다고 생각하며 황홀하게 바라보는 것을 나르시시즘, 즉 자기애를 의미합니다.

적절한 수준의 자기애는 모두 있습니다. 정신적으로 건강한 대부분의 사람들은 자신의 객관적인 상태보다 스스로를 더 긍정적으로 평가한다고 합니다. 오히려 지나치게 현실적으로 스스로를 바라보는 경우 우울증에 빠지게 될 확률이 크다고 합니다. 즉 자기애는 하나의 방어기제가 될 수 있을 것입니다.

자기애가 과다하거나 부족한 경우에는 문제가 생깁니다. 이처럼 자기애가 과다한 경우에는 자기애성 성격장애로 발전할 수 있습니다. 이 경우에는 다른 사람을 수단적 존재로 인식하고, 자신에 대한 과대망상에 빠지게 됩니다. 반대로 자기애가 너무 부족한 경우에는 회피성 장애로 발전하게 되고, 대인기피증 같은 증상도 나타날 수 있습니다.

한동안 공주병과 왕자병은 공주나 왕자인 것처럼 착각하는 이들을 뜻하는 부정적인 이미지가 강했습니다. 그러나 자신의 처지를 정확히 알고 공주병이나 왕자병에 걸린 사람은 자신감으로 똘똘 뭉쳐 있기 때문에 그렇지 않은 사람보다 성공할 가능성이 높다고 합니다. 그 이유는 스스로 자신을 소중한 사람이라고 생각하고 그에 걸맞은 능력을 발휘하기 때문이라고 합니다.

그러나 중요한 것은 공주병이나 왕자병을 이용하여 성공적인 삶을 사는 것도 중요하지만, 더욱 중요한 것은 태어나기 전부터 하나님은 우리의 인생을 계획하셨고, 특별한 무엇을 주셨습니다. 그러므로 다른 사람의 나에 대한 생각이 아니라 나의 나에 대한 생각이 삶을 좌우합니다. 자신을 신뢰하고 누군가 자신을 대신해 줄 것이라고 기대하지 말고, 자신을 응원하고 격려하는 것은 그래서 중요한 것입니다.

바울은 "내게 능력 주시는 자 안에서 내가 모든 것을 할 수 있느니라"(

빌 4:13)고 하였습니다. 나는 모든 것을 할 수 있습니다. 능력 주시는 자 안에서 할 수 있습니다. 나는 아무것도 할 수 없습니다. 나 혼자서는 할 수 있는 것이 없습니다. 이러한 하나님 안에서의 겸손한 자존감이 진정한 왕자병이며 공주병입니다.

■ 자녀의 자기애는 어느 정도가 됩니까?

■ 자녀의 왕자병 또는 공주병을 잘 이용할 수 있는 방향은 어떤 것입니까?

자녀를 위한 기도

하나님 아버지!

우리의 자녀들이 바울과 같이 자신의 삶의 목표를 깨닫게 하여 주옵소서. 하나님께서 자신을 위하여 계획하신 바를 깨닫게 하시고, 그 목표를 향하여 나아갈 수 있도록 밝히 인도하여 주옵소서.

하나님의 부르심의 소망을 깨닫게 하시고, 그 소망을 향하여 나아가게 하옵소서. 세상의 미련한 것들을 바라보지 않게 하시고, 하늘의 지혜를 얻게 하옵소서.

하나님 아버지, 당신의 사랑스러운 자녀들을 위해 기도합니다.

앞으로 나아가지 못하고 좌절하고 있을 때 뒤에서 밀어 주시고 앞에서 이끌어 주시고, 장애물에 걸려 넘어지면 일으켜 세워 주시고, 그 다음엔 자기가 스스로 일어날 수 있도록 하여 주소서. 포기하지 않고 후회하여 뒤를 돌아보지 않게 하시고, 온갖 유혹과 고통과 두려움에서 항상 지켜 주소서.

예수 그리스도의 이름으로 기도합니다. 아멘.

모방하는 자녀를 위하여

모습이나 모양 등이 판에 박은듯이 서로 비슷한 것을 닮은꼴이라고 말합니다. 자녀들은 주변의 중요한 인물들의 태도와 행동을 닮게 됩니다. 특히 텔레비전에 나오는 연예인의 춤을 따라 하거나 그들이 입는 옷을 따라 입고, 하는 말을 따라 하는 것 모두가 동일시입니다. 이것을 동일시(同一視; identification) 또는 동일화라고도 합니다. 그리고 다른 사람의 행동을 관찰하고, 그와 닮은 행동을 하는 과정을 모방(模倣; imitation)이라고 합니다.

요즘은 흉내만 내는 것이 아니라 너훈아, 주용필, 하리슈, 현찰, 현수기, 채주봉, 안허벙, 방쉬리 등 모방 연예인들도 많습니다. 기업도 다른 기업을 모방하여 더욱 좋은 품질을 만들기도 합니다. 모방이라고 해서 모두 나쁜 것은 아닙니다. 남의 것을 그대로 베끼는 것이 아니라, 남의 장점을 본받아 개선하여 더 좋은 것으로 만드는 것은 하나의 창의적 활동이라고 할 수 있습니다.

대부분의 사람들이 어린 시절의 일이라 기억을 잘 못하지만, 우리는 많은 것을 모방을 통해 배웠습니다. 언어, 젓가락 쓰는 방법, 공을 차는 방법 등을 부모님이나 형을 모방하며 하나하나 익혔습니다.

무엇인가를 배우는 가장 빠른 방법은 누군가를 모방하는 것입니다. 우리는 읽고 쓰고 말하기를 어떻게 배웠고, 신발끈 매는 방법은 또 어떻게 배웠습니까? 이는 어린 시절에 배운 것들은 대부분 모방을 통한 학습이었습니다. 모방은 따라하며 무언가를 배우는 가장 빠르고 효과적인 방법입니다.

자녀들에게 제일 중요한 동일시의 대상은 부모입니다. 따라서 좋은 부모 밑에서 좋은 자녀들이 나오는 법입니다. 자녀들에게는 백 사람의 선생님보다는 부모의 교육이 중요합니다. 부모님이야말로 우리들 일생에서 가장 먼저 만나게 되는, 그리고 가장 많은 것을 가르치고 배우게 하는 선생님입니다. 그러므로 자녀들의 행동은 곧 부모님의 생활 자세를 배운 것이라고 해도 무리가 없을 것입니다.

그리고 존경하고 닮고 싶은 사람을 찾아 생각과 행동을 관찰하고 모방하고 본받는 것은 의미있는 것을 배우는 가장 효과적인 방법입니다. 자녀들에게 무엇을 가르칠 것인지 고민하는 부모라면, 자녀들에게 훌륭한 모범을 보이고, 모델이 되어 주고, 자녀가 모방하고 싶은 사람으로 가치관, 생각 등의 모델을 제시하여 새로운 지식과 기술을 얻도록 하는 것이 중요한 일입니다.

■ 우리 자녀는 누구를 모방하고 있습니까?

■ 나는 자녀에게 어떤 모델 역할을 하고 있습니까?

■ 우리 자녀는 어떤 사람이 되기를 원합니까?

자녀를 위한 기도

하나님 아버지!

요즈음 자녀들이 가수들의 춤을 따라 하거나 그들이 입는 옷을 따라 입고, 하는 말을 모방하는 행동들을 많이 합니다. 좋은 행동이나 아름다운 말들을 닮을 수 있도록 도와주소서.

남의 것을 그대로 흉내 내지 말고, 장점을 본받아 개선하여 더 좋은 것으로 만들 수 있는 자녀가 되게 하여 주소서. 특별히 우리 부모들이 자녀들의 좋은 모델이 되어 좋은 것을 본받을 수 있게 하여 주소서.

더 나아가서 우리 자녀들이 예수님을 본받아 살아갈 수 있도록 인도하여 주시고, 믿지 아니하는 자녀들에게도 본이 되게 하여 주소서. 예수님의 이름으로 기도합니다. 아멘.

도벽이 있는 자녀를 위하여

　도벽(盜癖; cleptomania)이라고 하는 것은 일반적으로 습관적인 절도를 의미하는데, 이것은 어려서부터 생기는 경우가 많습니다. 그 가운데는 평생 동안 지속되는 전형적인 습관성 절도범도 있으며, 언젠가 "도둑의 딸"이라는 드라마도 있었는데, 가족 전체가 도벽이 있는 이른바 절도가족도 있습니다.

　도벽의 요인으로서는 소질적인 것과 환경적인 것이 있습니다. 먼저 소질적인 요인은 의지가 약하거나 성질이 유약한 성격 이상의 경우, 그리고 지능이 수준 이하인 경우가 많습니다. 그리고 환경적인 요인으로는 가정의 결함(결손가정, 갈등가정, 부도덕한 가정)이나 교우관계의 불량 등을 들 수 있습니다.

　그런데 어린 자녀들의 경우는 도벽이라고 하기보다는 충동적으로 갖고 싶은 것을 가지려는 욕구에서 훔치는 경우가 많으며, 나아가서 가지고 싶지 않아도 습관적으로 반복해서 훔치는 경우도 있습니다. 정말 갖고 싶은데 자기에게는 없어서 갖고 싶은 욕망이 생겨 훔치는 자녀, 주인 모르게 얼마나 잘 훔쳐내는가를 자랑으로 생각하는 자녀, 다른 사람과 자기의 소유를 구별할 줄 모르는 자녀, 친구들이나 부모의 관심을 끌기 위해서, 열등감이나 반대로 친구들에게 지도자가 되거나 인기를 얻기 위한 영웅심리가 발동하여 그러한 행동을 하기도 합니다.

부모의 냉정과 무관심에 대한 복수의 표현으로 물건을 훔치는 자녀도 있습니다. 그러나 무엇보다도 위험한 것은 나쁜 친구들과 어울려서 계속적으로 훔치는 것입니다.

도벽이 있는 자녀를 무조건 나쁜 자녀로 몰아세우거나 야단쳐서는 안 됩니다. 자녀의 기본적인 욕구가 무엇인지를 알아서 그것을 충족시켜 주도록 노력해야 합니다.

그리고 자신이 한 행위에 대하여 책임을 지게 하는 것입니다. 그렇게 함으로써 남의 물건을 소중하게 생각할 수 있고, 남의 물건은 주인에게 허락을 받고 사용하도록 가르치는 것이 중요합니다. 그리고 자신이 한 행동이 옳지 못한 행동임을 깨닫게 해 주어야 합니다.

자녀를 위한 기도

사랑이신 아버지 하나님!

우리 자녀를 죄와 악이 들끓는 세상에서 지켜 주시니 감사 드립니다.

욥과 같이 세상의 유혹과 사단의 유혹에도 굴하지 아니하고, 하나님의 말씀으로 인내하며 싸워 이기는 힘을 주소서.

마음 속에서 일어나는 악한 생각과 밖에서 유혹하는 악의 세력으로부터 지켜 주시고, 악한 친구들을 사귀지 않게 하시며, 악한 생각을 하지 않게 언제나 지켜 주소서.

예수님의 이름으로 기도합니다. 아멘.

반항하는 자녀를 위하여

자녀가 학교에 들어가기 전을 학령전이라고 말합니다. 만 2세 후반부터는 혼자 걸을 수 있게 되고, 자기 스스로 물건을 다룰 수 있고, 자신의 의사 전달도 가능하게 됩니다. 자신과 부모와는 별개의 독립된 존재라는 것도 느끼게 됩니다. 속담에 '미운 일곱 살'이란 말이 있는데, 7세 경이 되면 자기주장과 고집이 강해지고, 이제까지 얌전하던 자녀가 갑자기 변하기도 합니다. 이것은 일종의 반항 양상으로 나타납니다.

청소년기로 진행하면서 동성의 부모와는 거리를 둔 대립관계를 가지게 되는데, 이것은 부모의 권위에 대한 공격적 태도라고 볼 수 있으며, 유아기보다는 더욱 적극적인 양상을 띱니다. 이 시기의 반항은 성인과 어린이의 중간적인 입장에서 나타나며, 의존에 얽힌 불안 및 자립에의 욕구와 갈등의 표현이라 할 수 있습니다.

따라서 자기와 생각이 같고, 자기를 이해하고 동조해 주는 사람과 친밀해지는 시기입니다. 이제까지 의존관계에 있던 대상에 대하여 반항하면서 동조 대상을 동일시하고, 반항을 통해서 새로운 가치관과 자기정체성을 모색하게 됩니다.

이런 반항기(反抗期; opposition period)를 통하여 얻어진 체험은 그

후의 인격발달의 기초가 되는 것으로, 이런 반항이 전혀 나타나지 않는 경우, 건전한 자아 발달이 이룩되지 못한다고 생각하였습니다. 그러므로 자녀가 반항하는 것은 자기가 성장한다는 것을 의미하므로 결코 나쁜 것이 아닙니다. 그러나 지나치게 반항적인 자녀는 심리적으로나 환경적인 어떤 영향이 있으므로 주의할 필요가 있습니다.

자녀가 반항적일 때 부모는 더욱 자녀에게 권위적이고 강제적인 태도를 보이게 됩니다. 그러나 이것은 바람직하지 못합니다. 결국 자녀에게 반동형성(反動形成; reaction formation)을 일으키게 되기 때문입니다.

반동형성이란, 억압된 감정이나 욕구가 행동으로 나타나지 않도록, 그것과 정반대의 행동으로 바꾸어 놓을 수 있는 기제(機制)를 의미합니다. 예를 들어, 부모에게 꾸중을 들은 자녀가 친구나 개에게 화풀이를 하는 것과 같은 안전한 방식의 욕구해소의 반동형성이 일어나는 것입니다.

자녀를 위한 기도

하나님 아버지!

우리 자녀가 요즈음 사춘기가 되어서 심히 괴로워 합니다. 성령님께서 함께 하시고 지켜 주소서.

사소한 것에도 예민하고, 조그만 일에도 신경질적이며, 때로는 부모의 말에도 거역하며 반항하기도 합니다. 하나님! 마음을 다스려 주시고, 순전한 마음을 회복할 수 있도록 도와주소서.

이 어렵고 힘든 시기를 잘 이겨냄으로써 더욱 성숙한 자녀로 성장하게 하시고, 믿음도 훌쩍 자라서 하나님을 더욱 사랑하게 하여 주소서.

예수님 이름으로 기도합니다. 아멘.

좋은 버릇을 들이기 위하여

'세 살 버릇 여든까지 간다.', '습관은 제2의 천성이다.'라는 말도 있듯이, 버릇(habit)은 여러 번 반복해서 행동이나 생각으로 굳어지는 것으로 한 사람의 평생을 좌우합니다. 원래 습관이라는 단어는 의복이나 옷감을 의미했다고 합니다. 습관은 인격의 옷과 같습니다. 자신에게 맞는 옷이 제일 좋은 옷인 것처럼 습관은 인격이 입고 있는 옷과 같습니다.

심리학에서는 습관 및 습성의 하나로 간주되지만, 버릇이라고 할 때는 어떤 장면이나 사태에 대하여 불필요·무의미·부적응·불합리한 것이나, 사회적인 행동 기준보다 편집(偏執) 및 일탈(逸脱) 등을 가리키는 용어이기도 합니다. 버릇이란, 개인이 특정 근육운동이나 동작, 행동의 내용과 말씨, 사물에 대한 선호, 기피 등을 보통 일반 사람보다 훨씬 높은 빈도와 강도와 까다로움으로 나타내는 경향을 의미합니다.

아무리 귀엽고 예쁘다 해도 자녀가 버릇없다는 말을 듣는다면 좋아할 부모가 어디 있겠습니까? 버릇은 제2의 천성이라고 합니다. 좋은 버릇을 가진 자녀로 키우기 위해서는 남에게 피해를 주는 자녀의 언행을 언제 어디서든지 단호하게 제재해야 합니다.

가끔 텔레비전을 통해 자녀들의 잘못된 습관과 행동을 고쳐 주는 프로그램을 보면, 전문가들이 부모들에게 내려주는 처방은 하나같이 부모들의 행동변화입니다. 자녀가 좋지 않은 행동을 할 때 단호한 훈육을 하고, 그러한 훈육 후에는 꼭 안아주며 사랑을 확인하는 스킨십의 단계를 거치고, 평소 자녀에게 대화와 칭찬을 많이 하라는 것 등입니다.

자녀들은 모두 다릅니다. 개성도 다르고, 성장 과정도 각기 다릅니다. 따라서 각각의 자녀에게 맞는 훈육방법을 찾는 것이 무엇보다 중요합니다. 어떤 방법을 택했든 일관성 있게 해나가고, 감정 조절을 잘한다면 분명 효과가 있을 것입니다.

성공하는 사람들은 성공을 부르는 습관을 가지고 있다고 합니다. 성공을 부르는 습관들은 적절한 훈련을 통해 의식적으로든 무의식적으로든 머리 속에 인식된 긍정적인 프로그램을 통해 형성된다는 점입니다. 성공하고 싶다면 성공을 부르는 습관들을 당신의 머리 속에 넣으면 되는 것입니다.

보통 우리는 습관의 힘에 대해서 이야기를 많이 합니다. 하지만 보통 격려성 이야기보다는 '나쁜 습관을 고쳐야만 한다.'는 경고성 이야기가 많은 것같습니다. 이제부터는 한번 그러한 관점을 바꾸어서 이야기해 보는 것은 어떨까요? '~~한 습관을 고쳐야만 합니다.'가 아니라, '아무리 실패를 하려고 해도 실패를 할 수가 없는 상태에 이르게 해주는 성공의 습관을 형성해 봅시다.'라고 말입니다.

생의 주인이신 하나님!

우리 속담에 '세 살 버릇 여든까지 간다.'는 말이 있듯이, 인간에게 습관은 매우 중요하다고 생각합니다.

아무리 귀엽고 예쁘다 해도 자녀가 버릇없다는 말을 들으면 좋아할 부모가 없듯이, 하나님의 자녀가 세상에서 손가락질을 받으면 하나님도 기분이 언짢으실 것입니다.

잘못된 버릇 때문에 믿지 아니하는 사람들로부터 지적당하거나 욕먹지 않도록 우리 자녀에게 좋은 성품을 주시고, 좋은 버릇이 길러지도록 성령님 도와주소서.

성공하는 사람들은 성공을 부르는 습관을 가지고 있다고 합니다. 우리 자녀에게도 성공할 수 있는 습관을 형성하도록 이끌어 주소서.

예수님 이름으로 기도합니다. 아멘.

기억력을 좋게 하기 위하여

자녀들이 공부하는데 가장 중요한 것은 기억력입니다. 다시 말해서 머리가 좋다는 것은 곧 기억력이 좋다는 말과도 같습니다. 기억력이 나쁘면 아무리 외우려 해도 외울 수 없고, 이전에 경험한 것이나 뇌 속에 저장된 여러 가지 자료들을 회상할 수 없기 때문입니다.

기억에는 기계적 기억과 논리적 기억이 있습니다. 유아기에서 아동기에는 기계적 기억이 발달하지만, 청년기로 접어들 무렵에는 논리적 기억이 우세해집니다. 따라서 유아나 아동은 인명, 지명, 상품명, 연대, 전화번호 등의 단순한 암기가 능하지만, 성인은 단순한 암기보다는 어떤 의미를 부여하여 기억하는 논리적 기억에 의존하는 경향이 있습니다. 논리적 기억은 반복에 의한 암기와는 달리 내용의 이해를 필요로 합니다. 학습이라는 견지에서 볼 때 단순한 기억보다도 이해가 중시되기 때문에 암기를 강요하는 일은 바람직하지 못합니다.

예를 들면, 전화번호 2424를 그냥 2424로 외우는 것이 아니라, 이사(移徙)한다는 의미의 뜻을 달아서 '이사이사'라고 다른 경험과 결부시켜서 논리적으로 기억하면 더욱 오래 기억한다는 것입니다.

인간의 두뇌는 좌우측으로 나뉘어져 있고, 언어와 시각을 관장하는 뇌는 상반됩니다. 따라서 좌반구와 우반구를 동시에 사용한다면 그 중 하나만 사용하는 것보다 기억효과가 훨씬 더 증진된다는 것입니다. 예를 들어, 새로운 얼굴을 기억할 때 '그 사람의 헤어스타일이 어떻더라.', '누구를 닮았더라.' 등의 말을 붙여 놓으면 훨씬 기억이 오래 갑니다. 또 어떤 지명 10개를 외울 때에도 단순히 10개를 외우는 것보다는 지도상 위치를 생각해 가면서 외우는 것이 훨씬 쉽습니다. 다소 추상적인 내용이라도 그림이나 도표, 약도 형식으로 이미지화 시키면 더 기억하기 좋다는 것입니다.

전문가들은 기억을 잘하는 사람들의 공통적인 습관은 반복이라고 말합니다. 왜냐하면 반복 자극하면 두뇌의 해마에서 시냅스(신경세포가 연결되는 부위)가 강화되기 때문입니다. 사람은 평균적으로 20일이 지나면 기억한 내용의 80%를 망각하는데, 이 기간이 되기 전에 반복학습을 하는 게 더 효과적이라는 설도 있습니다. 가령 오늘 기억해야 할 일이 있었다면 1시간 뒤 기억을 반복한 다음 자기 전에 다시 기억한다면 거의 잊어버리지 않는다는 것입니다.

그리고 기억력을 좋게 하려면, 적당히 쉬고 스트레스를 적극적으로 해소하는 것이 기억력 향상에 중요하다고 합니다. 휴식 없이 공부나 일만 할 경우 과중한 스트레스에 의해 뇌에서 글루코코르티코이드 호르몬이 급격히 늘어나는데, 이 호르몬은 단기기억이 장기기억으로 저장되는 과정을 방해하는 것으로 알려져 있습니다. 평소 아무리 열심히 공부해도 시험 스트레스 때문에 몽땅 잊어버리는 현상도 이 때문이라는 것입니다.

그리고 충분히 수면을 취하게 하고 걷기, 달리기 등 운동을 규칙적으로 하면 기억력이 좋아집니다. 뇌세포는 혈류를 통해 오는 산소와 영양분으로 기능을 유지하기 때문입니다. 우울한 기분으로는 뭐든 잘 외워지지 않습니다. 이는 감정 조절에 연관된 변연계가 기억에 중요한 역할을 하기 때문입니다. 즐거운 마음가짐을 가지는 게 기억력에 좋습니다.

* 글루코코르티코이드(glucocorticoid)는 당질코르티코이드라고도 합니다. 이 호르몬은 부신피질에서 나오는 스테로이드 호르몬 중 하나인데, 탄수화물을 간에서 글리코겐으로 저장하고, 단백질과 지질에서 당질을 만드는 작용을 돕고, 염증을 억제하는 작용을 가지고 있습니다.

자녀를 위한 기도

지혜의 아버지 하나님!

자녀들이 공부하는데 가장 중요한 것은 기억력이라고 합니다. 머리가 좋은 것은 타고나야 하지만, 노력하는 자녀가 되게 하여 주소서.

하나님께서 만드신 두뇌를 명석하게 하시고, 그 뇌를 잘 사용하여 기억력이 향상되게 하여 주소서.

세상에 이 자녀를 보내신 하나님!

이 자녀에게 주신 사명을 감당하도록 지혜와 총명을 주시고, 공부도 열심히 잘하도록 도와주소서. 하나님을 위하여 쓰임 받는 자녀가 되게 하여 주소서.

예수님의 이름으로 기도합니다. 아멘.

콤플렉스 극복을 위하여

어느 사람이든지 콤플렉스가 없는 사람은 없을 것입니다. 콤플렉스란, 현실적인 행동이나 지각에 영향을 미치는 무의식의 감정적 관념을 말합니다. 간단하게 '마음 속의 응어리'나 '복잡한 마음상태'(complex)라고도 하며, 열등감, 욕구불만 또는 강박관념으로 순화됩니다.

요즘 많은 콤플렉스가 있는데, 예를 들어, 신데렐라 콤플렉스는 자신의 능력과 인격으로 자립할 자신이 없는 여성이 동화 속의 주인공 신데렐라처럼 일시에 자신의 인생을 변하시켜 줄 왕자와 같은 사람의 출현만을 기다리는, 즉 남자의 인생에 의지하여 마음의 안정을 찾고 또 그로부터 보호받기를 원하는 심리적 의존상태를 말합니다.

반대로 온달 콤플렉스는 남자로서의 우월감을 내세우고 싶은데, 지신의 능력이 따르지 못할 때 발생하는 콤플렉스를 말합니다. '남자라면 반드시 성공해야 한다.'는 개념을 너무 강하게 주입시키면 여성을 자신의 성공 수단으로, 보다 열등한 존재로 여기게 되며, 출세하기 위해 사랑보다는 돈과 권력을 택하게 되어 희생자가 될 수 있습니다.

너무나 잘난 것 같아 콤플렉스라곤 전혀 없을 것 같은 사람도 콤플렉스는 있기 마련입니다. 위기는 곧 기회라는 말처럼, 콤플렉스도 제대로 활용하면 우리에게 도움이 됩니다. 어쩌면 하나님께서는 인간이 완전할 수 없다는 것을 깨닫게 하기 위하여 콤플렉스를 주셨는지도 모릅니다.

무엇이든지 너무 지나치면 안되듯이 지나친 콤플렉스는 병이 됩니다. 그러나 적절한 콤플렉스는 하나님 앞에서 부족한 자신을 발견하는데 도움이 되고, 자신을 더욱 가꾸어 나가고 발전시키는 원동력이 될 수도 있을 것입니다.

자녀를 위한 기도

치료자이신 하나님!

우리가 이 세상을 살아가는 데는 많은 시련이 있고, 때로는 감당하기 어려운 일들도 많습니다. 그래서 스트레스를 많이 받기도 합니다.

스트레스를 받을 때 그리스도의 십자가를 바라보게 하시고, 성령님의 위로를 받게 하여 주소서. 자녀들이 공부하는 것도 많은 스트레스가 되기도 합니다. 즐거운 마음으로 공부하게 하시고, 자신의 목적을 위하여 앞으로 정진하며, 하나님의 사랑을 받으며 나아가게 하여 주소서.

하나님과 동행함으로써 스트레스도 해소하게 하시며, 언제나 밝고 건강하게 자라나도록 도와주소서.

예수 그리스도의 이름으로 기도합니다. 아멘.

열등감을 극복하기 위하여

인간이면 누구나 조금씩 자신의 결점이 있을 것입니다. 자녀가 실수를 하거나, 성적이 떨어지는 경우나, 지나치게 욕심을 부리는 경우 등과 같은 결점을 인정하지 못하고 부모가 자녀를 질책하는 경우가 있습니다. 특히 학습능력과 성취에 관련된 부모의 열등감은 누구나 조금씩 있습니다. 그러나 그러한 실수나 능력의 부족 등을 이유로 계속적으로 부정적인 자극, 즉 벌이나 책망이나 비난 등을 받게 되면 자녀는 열등감을 가지게 됩니다.

열등감(劣等感; inferiority feeling)이란, 다른 사람에 비하여 자기는 뒤떨어졌다거나 자기에게는 능력이 없다고 생각하는 만성적인 감정 또는 의식을 말합니다.

다른 사람에 비하여 자신의 능력이 뒤떨어져 있다고 생각하는 사람의 성격은 소극적이고 주저주저하며, 겸손하고 고독을 사랑하며 내성적입니다. 그러나 반대로 매우 공격적인 사람도 있습니다. 또한 열등감을 가지고 있는 사람은 의식적, 무의식적으로 그 보상을 하려고 합니다. 학력에 대하여 열등감을 가진 사람이 부자가 되어 여봐란듯이 행동하는 경우나, 학교 성적이 나빠 교사로부터 무시당하는 학생이 범죄행위를 하여 관심의 대상이 되려고 하는 경우입니다.

특히 부모의 열등감은 자녀에게 또다른 열등감을 대물림하는 역할을 하게 되는데, 부모는 자녀가 보다 잘되었으면 하는 마음에서 자녀의 부족한 부분을 지적하지만, 자녀의 입장에서는 전혀 도움이 되지 못할 뿐더러 자녀의 자존심만 떨어뜨리는 결과를 낳고, 오히려 자녀의 반감을 사게 되는 경우도 있습니다.

자녀가 청소년기에 부모에게 반항을 한다면 부모는 두 가지 관점에서 자녀의 입장을 생각해 보아야 합니다. 첫째는 우리 자녀가 사회적, 객관적 관점에서 볼 때, 어느 시점에 있는가 하는 것입니다. 즉 자신의 자녀를 청소년기의 연령 때에 맞게 느끼고 대하고 인정하느냐는 것입니다. 대부분의 부모들은 부모의 입장에서 자녀는 소중한 존재이기 때문에 객관적 관점에서 자녀를 바라보지 못하는 오류를 범하게 됩니다. 자신의 자녀가 다른 집의 자녀보다 조금 더 잘했으면, 조금 더 나은 위치에 갔으면 하는 바람은 어느 부모에게나 있습니다. 그러나 지혜로운 부모는 자녀가 성장함에 따라 그 역할이 달라짐을 느끼고 변화된 관계를 시도한다는 점입니다.

둘째는 자녀의 반항을 버릇없는 잘못된 것으로만 보는 부모의 도덕관의 작용입니다. 반항의 긍정적인 측면은 주장성, 책임성, 공격성 등의 자기표현이라는 자율성의 함양입니다. 청소년기에 부모의 의견에 무조건적으로 따르는 자녀를 두었다면 그 부모는 자녀교육 방식에 대해 염려해 보아야 합니다. 부모에게 자신의 불편한 감정을 표현하지 못하는 자녀는 사회적 관계에서 지속적으로 피해를 보거나 극단적인 대인관계로 문제를 유발할 수 있습니다.

그러므로 자녀들이 조금 못하더라도, 그들의 부족함을 인정하고 수용하고 격려할 수 있는 부모의 자세가 필요합니다.

자녀를 위한 기도

탁월하신 하나님!

부모의 열등감은 자녀에게 또다른 열등감을 대물림하는 역할을 하게 되는데, 부모로서 자녀에게 자존심을 건드리는 실수를 범하지 않도록 도와주소서.

자녀의 성장에 따른 변화를 인정하게 하시고, 그 성장의 아픔을 함께 할 수 있는 지혜를 허락하여 주소서.

때로는 다른 자녀들보다 못할 수도 있고, 할 수 없다고 좌절을 느낄 수도 있습니다. 그때마다 성령님 함께 하시고 격려하여 주소서.

자녀들이 조금 못하더라도, 자녀의 부족함을 인정하고 수용하고 격려할 수 있는 부모가 되게 하여 주소서.

예수님의 이름으로 기도합니다. 아멘.

욕구좌절을 이기도록

어떤 목표를 향한 행동이 심리적 갈등이나 능력 부족 또는 외부로부터의 장애 및 방해로 저지당하여 욕구의 만족을 얻지 못한 상태에 놓여서 혼란스럽고 짜증스런 감정 상태를 욕구좌절(frustration) 또는 욕구불만이라고 합니다.

흔히 욕구좌절이나 불만은 자녀의 여러 가지 욕구에 대하여 부모가 찬성하지 않거나, 금지하거나, 지나친 간섭으로 좌절감을 느끼거나 또는 자신의 능력이 부족하여 자기가 하고자 하는 바를 이루지 못할 경우에 이런 경험을 하게 됩니다.

사람은 언제나 많은 욕구와 동기를 가지고 있으며, 더구나 두 가지 이상의 목표를 동시에 이룬다는 것은 어려운 일입니다. 그리고 또 하나의 목표를 이루고자 하는 방법도 여러 가지가 있습니다. 그 방법 중에 한 가지 방법을 선택해야만 하는 경우도 있습니다. 이럴 때에도 자녀들은 갈등하며, 만일 자기의 능력이 부족하거나 또는 주변 환경이 도와주지 않을 때에는 불만과 좌절을 경험하게 되는 것입니다.

돌라드(John Dollard)와 밀러(N. E. Miller)라는 학자는 욕구좌절에는 반드시 공격이 따르며, 동시에 공격이 있는 곳에는 욕구좌절이 있다고 생각했습니다. 프로이드는 사람이 어떤 위협에 직면한 장면에서 욕구가 충족되지 않을 때, 과거의 발달단계에서 욕구만족이 되었던 유치한 원시적인 행동으로 퇴보하는 것을 '퇴행'(退行; regression)이라고 했습니다. 만일 자녀가 욕구불만으로 좌절하게 되면, 이전의 만족상태로 돌아가려는 현상이 나타나고, 그 만족한 상태에 머물러 있으려고 하는 고착현상이 나타납니다. 그래서 자녀는 더 이상 새로운 것에 대한 도전이나 모험을 중단하게 되고, 만족상태에 안주하려고 합니다. 이런 현상이 지속이 되면 목표 없는 자녀가 되고 말 것입니다.

욕구좌절에 직면했을 때 극복하는 능력에는 개인차가 있는데, 욕구좌절에 빠지지 않도록 지나치게 보호되거나, 반대로 강한 욕구좌절이 반복되고, 이런 상태에 지속적으로 노출되어 자라게 되면 내성이 약해지는 경향이 있습니다. 어렸을 때부터 적당한 욕구좌절을 경험하게 하여 부적응 행동, 욕구좌절에 의한 목표 상실에 빠지지 않고, 목표 지향적 행동과 문제해결 행동을 취하도록 지도하고 훈련시키는 것이 바람직합니다.

자녀를 위한 기도

나의 도움이신 하나님!

사람이 삶의 목표를 향하여 나아가다가 보면 갈등과 좌절을 경험하기도 합니다. 그때마다 도움이 되시는 하나님께서 지켜 주시고 힘을 주소서.

욕구좌절에 의하여 목표를 잃지 말고, 하나님께 더욱 기도하는 자녀가 되게 하시고, 거룩한 목적을 갖도록 해 주소서.

언제나 인간적인 욕심이 아니라 하나님의 일을 위한 선한 욕심을 주시고, 바른 길로 인도하시며 그 목표를 이룰 수 있는 방법을 지도하여 주소서.

예수님의 이름으로 기도합니다. 아멘.

남의 탓을 하는 자녀를 위하여

성경 창세기에 보면 가인과 아벨의 이야기가 나옵니다. 이들은 아담의 두 아들로서 하나님께 제사를 드리는데, 아벨은 정성을 다하여 믿음으로 드려 하나님께서 그 제사를 받으셨습니다. 그러나 가인은 믿음으로 하지 않고 아마도 동생이 한다니까 형식적으로 그저 따라서 제사를 드렸던 것 같습니다. 그래서 하나님은 가인의 제사를 받지 않으셨습니다. 제사가 상달되지 않은 원인이 동생 때문이라고 엉뚱한 생각을 하고는 시기와 질투로 마침내 동생을 죽이고 맙니다. 이 죄를 스위스의 정신분석학자 보드웽은 '가인 콤플렉스'(Cain complex)라고 했습니다.

자기 책임을 다른 사람에게 전가하고 자신의 잘못까지도 다른 사람이 잘되기 때문이라고 밀어붙이는 것입니다. 오늘의 우리들도 이와 같은 콤플렉스를 가지고 있는 사람들이 많이 있습니다.

그러나 지혜로운 사람은 모든 원인이 자신에게 있다고 말합니다. 쓰리고 아프고 찢어지는 괴로움이 있어도 원인은 나 때문이라고 책임지는 것입니다. 또한 다른 사람의 잘못까지도 나 때문이라고 생각하는 것입니다.

가인 콤플렉스에 걸리면 실패는 계속되고 악순환은 그칠 사이 없이 되풀이 되어서 구제 불능자로 전락하고 마는 것입니다. 이런 일은 없어야 하겠습니다. 그러므로 우리 자녀들에게는 '네 탓'이라는 책임전가의 자세에서 '내 탓'이라는 자기성찰 자세로의 사고전환이 필요합니다.

자녀의 남을 탓하는 습관을 고치기 위해서는 어려서부터 여러 상황에서 자녀 스스로 선택하고 책임지도록 도와주어야 합니다. 자신이 스스로 선택한 일이므로, 그 일이 잘못되었어도 남의 탓을 할 수 없도록 하는 것입니다. 그렇게 하기 위해서는 어떤 일이든지 자녀에게 물어보고, 선택의 여지를 주어야 합니다. 무엇을 먹고 싶은지, 무엇을 하고 싶은지, 어떤 옷을 사고 싶은지 등등 사소하게 선택해야 하는 상황마다 자녀의 생각을 물어보고 선택할 기회를 주어야 합니다.

그리고 부모가 자녀에게 잘못을 했을 때 '미안하다'는 말을 할 수 있어야 합니다. 부모가 자녀에게 사과를 함으로써 자녀와 대등한 관계에서 대화를 유지할 수 있으므로, 부모 역시 자신의 잘못을 인정하고 책임을 받아들이는 모습을 보여 주어야 합니다.

살다보면 부모도 인간이기에 역시 실수를 하기도 하며, 약속한 일을 깜빡 잊기도 하고, 다른 사람의 기분을 상하게도 할 수 있습니다. 이때 이런저런 핑계를 대면서 상황을 모면하려 하기보다는 솔직하게 자신의 잘못을 인정하고 사과하는 모습을 보여야 합니다. 이런 부모의 모습을 보며 자라는 자녀는 자연스럽게 자신의 잘못을 다른 사람에게 떠넘기는 행동을 줄이게 될 것입니다.

인자하신 하나님 아버지!

언제나 사랑으로 지켜 주시고, 하늘의 소망을 주심을 감사 드립니다.

요즘 세상이 이기주의가 만연되고, 개인의 잘못도 국가와 사회의 책임으로 돌리려 하고, 자녀들도 자기가 한 일에 대하여 책임을 지려고 하는 마음이 부족합니다.

우리 자녀로 하여금 어떤 실수나 잘못을 남의 탓으로 돌리지 않게 하시고, 자신의 일은 자신이 책임지는 자녀가 되게 하소서.

개인의 일은 개인이 책임을 짐으로 사회가 밝아지고, 옳고 그름이 분명해 지는 줄 압니다. 하나님이 원하시는 사회 정의가 이 땅에 이루어지게 하소서.

예수님의 이름으로 기도합니다. 아멘.

피터팬증후군을 지닌 키덜트를 위하여

　동화에 나오는 피터팬은 어른들의 사회로부터 '공상의 섬'으로 떠나 꿈나라에서 모험하는 영원한 소년입니다. 1970년대 후반부터 미국에는 어른들의 사회에 끼어들지 못하는 남성들이 대량으로 발생하기 시작했습니다. 어른이 되어도 어른들의 사회에 적응할 수 없는 소위 '어른자녀' 같은 남성들이 나타내는 심리적인 증후군을 가리켜 임상심리학자인 D. 카일리 박사는 피터팬신드롬(PPS; Peter Pan syndrome)이라고 불렀습니다.

　최근에는 피터팬 증후군과 유사한 의미로 키덜트(kidult)란 단어도 많이 씁니다. 키덜트는 키드(kid; 자녀)와 어덜트(adult; 어른)의 합성어로서, 20~30대의 어른이 되었음에도 불구하고 여전히 어린이의 분위기와 감성을 간직하고 추구하는 성인들을 일컫는 말입니다.

　키덜트는 미래에 대한 막연한 불안감으로 현실에 안주하고 싶어하는 충동이나, 책임감은 없이 보호받기만을 바라는 사람들을 지칭하는 피터팬 증후군과는 달리, 각박한 현대인의 생활 속에서 마음 한 구석에 천진스런 어린이의 심성을 동경하는 사람들을 구분하려는 매우 적극적이고도 긍정적인 의미를 갖고 있습니다.

　키덜트는 대학생이나 직장인들이 엽기토끼 같은 앙증맞은 인형을 가방이나 휴대폰에 매달고 다닌다거나, 책상 위에 인형을 올려놓는 등 진지하고 무거운 것 대신에 유치하고 재미있는 것을 추구하는 마음상태를 의미합니다.

초등학생 시기에는 언제까지나 어린이로 있고 싶기 때문에, 자신의 일을 스스로 할 능력이 모자라서 책임 있는 행동을 싫어합니다. 사춘기가 되면서 사회의 한 구성원으로서의 책임과 그 사회에 소속하여 행동하려는 마음이 교차하여, 겉으로는 명랑하게 행동하고 있지만 마음 속으로는 언제나 불안이 도사리고 있습니다. 그래서 따돌림을 받는 것이 무엇보다 두려우며, 주체성이 모자라고 유행에 약한 상태가 됩니다.

청년기에 이르러서는 자신의 완전함을 필요 이상으로 추구하고, 이를 현실적으로 달성할 수 없기 때문에 자기만의 세계로 도망쳐 자기만족에 빠지기도 합니다. 이러한 심리적인 상태들은 사회적 불능성이나 무기력증과 같은 형태로 나타나 자신은 아무것도 할 수 없는 존재로 여기거나, 어린 시절로 돌아가려는 마음을 갖게 하는 것입니다.

이와 같은 현상은 가정의 불안정, 학교교육 및 가정교육의 기능 저하와 함께, 여성들이 사회적으로 우위를 차지하므로 인하여 남성들이 설 자리가 없어지는 것도 그 이유라고 볼 수 있습니다.

피터팬 증후군이나 키덜트 현상이 무조건 나쁘다는 것은 아닙니다. 이러한 심리가 너무 지나치면 현실을 도외시하고 자기본위적인 사람이 되어 타협을 부정하고 지나치게 공격적인 성향을 갖게 될 우려가 있기 때문에 어려서부터 자신감을 길러 주고, 자기의 일은 자기가 스스로 할 수 있는 자녀로 키워나가야 할 것입니다.

자녀를 위한 기도

사람의 마음을 주관하시는 하나님!

자신의 권리를 주장하기에 앞서 자신에게 주어진 일에 대한 책임완수가 더 중요하다는 것을 아는 자녀가 되게 하소서.

주어진 시간을 소중히 아는 그런 자녀가 되게 하소서. 함부로 쓰는 천 원은 값지게 쓰는 천만 원보다 더 많다는 것을 깨우쳐 주시며, 검소와 절약만이 풍요의 원천임을 깨닫게 해주소서.

자신이 한 약속은 생명을 바쳐서라도 반드시 지키고, 불의를 보면 참지 아니하고, 늘 양심의 소리에 귀를 기울이고, 선을 위해 행하고 희생할 줄 아는 그런 자녀가 되게 하소서.

솔직하게 말하고 진실하게 행동하는 사람, 필요로 하는 사람, 본이 되는 사람, 모두가 좋아하는 사람이 되도록 해주소서.

예수님 이름으로 기도합니다. 아멘.

꿈을 갖게 하기 위하여

"인간은 꿈을 먹고 사는 동물"이라는 말처럼, 꿈과 희망은 인간만이 가지고 있는 특권일지도 모릅니다. 그러나 우리는 어느 순간 이러한 꿈을 잃어버리기도 하고, 때로는 스스로가 그 꿈을 버리고 포기하기도 합니다.

영어에 "Boys be ambitions!"라는 말이 있습니다. 힘과 용기, 꿈과 비전은 젊음의 상징입니다. 유기체는 생명을 유지하고 생활을 무사히 영위하기 위하여 외부환경에 적응하고 물질을 교환하며 사회적 접촉을 합니다. 이런 과정에서 유기체의 생리적 기구 내의 물리화학적 성질은 어느 한계 내에서 변동합니다. 이 변동이 한계에 도달하게 되면 생명의 위험을 초래하게 됩니다.

이와 같은 극단에 도달하지는 않는다 하더라도 생리적 기구 내부 환경의 적절한 균형상태가 파괴됩니다. 이렇게 되면 균형을 다시 회복하려는 작용이 생기는데, 이와 같은 평형상태를 미국의 생리학자 W. B. 캐넌은 호메오스타시스(homeostasis; 항상성)라고 불렀습니다.

유기체가 항상성을 유지하기 위해서는 외부환경으로부터 일정량의 산소, 수분, 기타 영양소를 섭취해야 하며, 체온을 유지하고 신진대사를 해야 합니다. 이러한 필요성이 생겼을 때 이 필요성을 충족시키려고 하는 것이 유기체의 생리적 욕구입니다. 이러한 생리적 욕구는 항상성 유지를 위해, 궁극적으로는 생명유지를 위한 생활체의 자기조절 기능의 표시라고 할 수 있습니다. 생리적·생물적 욕구는 식욕, 배설욕, 수면욕, 활동욕, 성욕 등이며, 사회적·인격적 욕구는 사회적 인정의 욕구, 집단소속(集團所屬)의 욕구, 애정의 욕구, 성취의 욕구 등입니다.

꿈은 정적이며,	비전은 동적이다.
꿈은 자기의 행복이며,	비전은 세상의 행복이다.
꿈은 새벽을 깨우고,	비전은 새벽을 기다린다.
꿈은 잊혀지지만,	비전은 항상 기억된다.
꿈은 상상력이 필요하고,	비전은 인내가 필요하다.
꿈은 욕구에서 나오고,	비전은 가치에서 나온다.
꿈은 자기 안에서 나온 것이고,	비전은 외부로부터 부여된 것이다.
꿈은 유혹이 천적이고,	비전은 두려움이 천적이다.
꿈은 골목대장이고,	비전은 리더이다.
꿈은 항상 자신이 돌봐 주어야 하지만,	비전은 어느 순간 우리를 돌봐 준다.
꿈은 많은 사람들의 그것과 비슷하지만,	비전은 같은 모양을 찾기 어렵다.
꿈은 침대 위에서 일어나지만,	비전은 책상 위에서 벌어진다.

꿈은 전염성이 없지만, 　비전은 강한 전염성이 있다.

꿈을 위해 목숨을 바치는 사람은 　비전을 위해 죽었던 사람들은 많다.
없지만,

꿈을 이룬 사람들은 부러움의 　비전을 이룬 사람들은 존경의
대상이지만, 　대상이다.

−권민의 〈새벽나라에 사는 거인〉 중에서−

꿈은 어떤 것이라도 가능합니다. 그러나 비전에는 꿈을 이루기 위한 계획과 실천이 담겨 있어야 합니다. 꿈만 꾸는 사람은 몽상가이거나 꿈 속을 헤매는 사람과 다를 바 없습니다. 아무리 하찮은 것일지라도 자신만의 미래의 꿈을 꾸고, 비전을 그려보는 것은 그 자체만으로도 충분한 가치와 의미가 있습니다.

요즘은 비전이라는 말을 많이 씁니다. 꿈(dream)은 어떤 것이라도 가능합니다. 다시 말하면, 꿈은 그냥 꿈입니다. 그러나 비전(vision)에는 목표를 이루기 위해 어떤 일을 해야 한다는 구체적인 행동 가능성이 있어야 합니다. 그래서 비전이 있는 사람은 계획을 하고, 행동으로 옮기고, 과감히 결정하고, 위험을 이겨내며 적극적으로 일합니다. 시도하고, 실천하고, 최선을 다하고, 실패를 감안하고, 성공을 축하합니다.

그리고 꿈과 비전을 이루기 위해서는 끊임없는 자기노력과 관리가 필요합니다. 그러기에 꿈과 비전을 가지고 있는 사람은 한시라도 시간을 허비하지 않고, 부지런하고 성실하며 항상 노력하는 자세를 가집니다. 또한 고난과 어려움에도 좌절하지 않으며, 고난을 고난으로 여기지 않고 꿈을 이루어가는 과정에서 넘어야 할 과제로 받아들입니다.

그러나 주변에서 이러한 꿈과 비전을 너무 빨리 그리고 너무 쉽게 포기하고, 그냥 다람쥐 쳇바퀴 도는 것과 같이 현실에 안주하면서, 때로는 '그래봤자 별수 있어!'라는 냉소적인 시선으로 세상을 바라보는 경우들을 보게 됩니다. 물론 현실에 안주하는 삶이 오히려 세상을 관조적으로 볼 수 있고, 정신적인 편안함을 줄 수 있을지도 모릅니다.

결국 각자의 삶과 철학을 존중해야 한다는 측면에서 다양성을 인정하는 것이 필요합니다. 그러나 나름대로 자신만의 꿈과 비전을 가지고 열심히 살아가는 사람들을 통해 자신을 되돌아보고, 반성하는 기회들을 가지게 되므로, 우리 자녀들이 꿈과 비전을 갖고, 한 걸음 한 걸음 흔들림 없이 정진해 나가도록 도와주어야 합니다.

자녀를 위한 기도

하나님 아버지!

오늘도 이렇게 우리 아들을 위해 기도할 수 있게 해주심에 감사 드립니다.

우리 자녀가 주님 보시기에 참 좋은 아들이 될 수 있도록 이끌어 주시옵고, 날마다 자신의 내면을 깊이 들여다보며 성찰하여, 그 안에서 밝은 빛을 볼 수 있는 은총을 베푸시어 건전한 사회를 이끌어 갈 수 있는 훌륭한 자녀가 되게 하소서.

우리 자녀가 일을 시작하며 가졌던 초심을 잊지 않고 실천할 수 있는 용기와 인내를 주시고, 하고자 했던 꿈이 이루어질 수 있도록 지혜와 건강을 주시며, 온 식구가 사랑하게 하소서.

또한 큰 마음을 주시어 남을 위해 기도하며, 건강한 마음으로 사회를 이끌어 나아가는 큰 일꾼이 되게 하소서.

우리 주 그리스도의 이름으로 기도합니다. 아멘.

꿈을 이루도록 하기 위하여

사람에게는 누구나 꿈이 있고, 또 그것을 성취하기를 희망합니다. 그 꿈을 향해 모두가 달려가지만 현실의 벽에 부딪혀 포기하기도 하고, '꿈은 단지 꿈일 뿐이야.'라고 체념하기도 합니다.

꿈을 꾸지 않으면 이루어지는 일도 없습니다. 꿈은 반드시 이루어집니다. 우리는 꿈을 가지고 살아야 합니다.

나도 어린 시절 꿈이 있었고, 그 꿈을 위해서 오랫 동안 기도해 왔으며, '꿈은 꿈일 뿐이야.'라는 마음이 들 때에도 꿈을 포기하지 않았습니다. 결국 나는 나의 꿈을 이루게 되었습니다. 대학 강단에 서고, 후배들을 가르치는 작은 꿈이 이루어졌을 때, 나는 그 일이 다른 사람과의 것과는 비교할 수 없을 만큼 기뻤습니다.

꿈은 포기하지 않는 자의 것이라고 합니다. 꿈을 이루기까지는 고난도 있을 것이고, 기쁨도 있을 것이며, 현실의 장벽이 그 꿈을 내게서 앗아가는 게 아닌가 하는 생각도 들 수 있습니다. 그런 때에도 힘을 내고 전진하면 머지않아 그 꿈은 어느새 바로 옆에 와있게 될 것입니다.

그리고 그 꿈을 이루기 위하여 자신의 준비를 철저히 해야 합니다. 나의 꿈은 다른 사람이 이루어 주는 것은 아닙니다. 필요한 정보를 수집

하고, 경쟁력을 높이도록 끊임없이 자기개발을 할 수 있도록 도와주어
야 합니다.

자녀가 원하는 직업

■ 자녀가 원하는 직업이 있다면 무엇인지, 그 직업명과 이유를 세가지
만 적어 보세요(자녀에게 기록하도록 합니다).

직업1

직업2

직업3

■ 부모로서 자녀에게 원하는 직업은 무엇인지, 직업명과 이유를 세 가
지만 적어 보세요(부모가 기록하도록 합니다).

직업1

직업2

직업3

■ **생각하는 시간**

■ 자녀와 내가 바라는 점은 어느 것이 같은가?

■ 자녀들이 원하는 직업과 내가 바라는 직업이 다른 이유는 무엇인가?

■ '내 자녀가 원하는 직업'을 알아보면서 느낀 점은 무엇인가?

새로운 문을 항상 열어 주시는 하나님!

씨를 뿌릴 때가 있으면 거둘 때가 있고, 눈물을 흘릴 때가 있으면 기쁨으로 거둘 때가 있다고 하였습니다.

저희 자녀가 학교생활을 마치고 이제 사회에 첫걸음을 떼어놓으려고 합니다. 학창시절의 아름다웠던 기억들과 공부하느라 수고한 날들을 기억하게 하시고, 그 발랄한 기운으로 세상에 나가 더 멋진 생활을 이루어 가도록 도와주소서.

일과 사람들 사이에서 새로운 의미를 창조하시고, 당신의 빛 가운데 변함없이 충실하도록 돌보시고 인도하옵소서.

사회생활을 할 때에도 은총으로 보호하시고, 세상 부패에 물들지 않게 하시며, 온갖 악의 유혹을 물리치고 예수님을 본받아 주님의 뜻을 이루는 일꾼이 되게 하소서.

예수 그리스도의 이름으로 기도합니다. 아멘.

위기를 극복하는 자녀를 위하여

인생길에는 참으로 많은 위기가 있습니다. 그런데 이 위기를 어떻게 맞느냐에 따라 전화위복의 기회가 되기도, 혹은 다시 일어설 수 없는 깊은 수렁이 되기도 합니다. 그러므로 위기 극복의 길을 아는 것은 매우 중요합니다. 즉 위기상황을 자신이 아는 것을 위기의식(危機意識; consciousness of crisis)이라고 합니다.

위기의식은 사회에 대한 개인 및 집단의 상황판단의 하나로서, 정서적 측면과 지적·논리적 측면의 위기감을 지니는데 어떤 상태를 위기로 파악하고, 그 상태를 부정하지 않으면 안된다고 생각되는데도 불구하고 그 구체적 방법이나 실현의 가능성이 발견되지 않을 때에 나타나며, 이때는 보통 때보다 심화되기도 합니다.

외국의 부모들은 자녀가 넘어져도 쉽게 일으켜 주지 않습니다. 넘어진 자녀에게 혼자 일어서라고 합니다. 그리고 자녀가 혼자 일어섰을 때 잘했다고 칭찬을 해줍니다. 자녀에게 스스로 할 수 있다는 것을 가르쳐 주기 위한 교육방법입니다. 반면에 한국의 많은 부모들은 자녀가 넘어지면 바로 달려가 자녀를 일으켜 주는 경우가 많습니다. 어디 다친 데는 없는지, 아프지는 않은지 물어보면서 자녀들을 챙겨줍니다.

문제나 위기가 있을 때마다 부모들이 그것을 해결해 주는 것을 반복하면 자녀들은 점차적으로 의존적인 존재가 되어 버립니다. 부모들이 명심해야 하는 것은 아무리 부모들이 문제를 해결해 주어도 자녀가 자람에 따라 스스로 해결해야 하는 문제들이 생긴다는 것입니다. 스스로 위기를 해결하기 위한 바람직한 교육의 시작은 문제나 위기가 나쁜 일만이 아님을 가르쳐 주는 것에서부터 시작됩니다. 어려움을 겪는 당시에는 힘들지 몰라도 문제를 극복해 나가면서 지혜가 자라고 더 좋은 결과가 생길 수 있다는 것을 가르쳐 주어야 합니다.

그리고 부모의 시선을 자녀의 눈높이에 맞춰 주는 노력이 필요합니다. 부모가 보기에는 너무 쉬운 일이어서 쉽게 도와주는 일이지만 자녀들에게는 일상생활의 작은 일도 위기와 문제로 인식될 수 있습니다. 가령 육아기관에서 친구와 싸우고 돌아왔다면 어떻게 하라고 일방적으로 말해 주거나 엄마가 나서서 화해를 시키는 것보다 싸운 일을 통해서 참을성이 부족하거나 예의 없게 행동하지는 않았는지 스스로의 단점을 돌아볼 수 있는 계기를 마련해 주고, 진정한 화해를 통해서 정말 친한 친구가 될 수 있다는 것을 알려 준다면 한층 더 성숙한 인격체로 자랄 수 있게 될 것입니다.

모든 것이 주어졌거나 아무 어려움이 없을 때가 행복한 것이 아닙니다. 어려운 환경일지라도 긍정적으로 받아들이고 해결할 수 있는 마음을 가질 때 진정한 행복을 누릴 수 있을 것입니다.

나의 구원이신 아버지 하나님!

인생길에는 참으로 많은 위기가 있습니다. 위기를 만날 때 도움이 되시며, 극한 위기에서도 하나님 건져 주소서.

'위기는 기회'라는 말도 있습니다. 위기가 닥칠 때 그것을 기회로 삼게 하시며, 혹 자녀가 넘어져도 스스로 일어날 수 있는 용기와 힘을 주소서.

약할 때 강함 되시는 하나님께서 항상 옆에 계시고, 자녀가 나아가는 길에 인도자가 되셔서 올곧은 길로 항상 인도하여 주소서.

모든 것이 주어졌거나 모든 어려움이 없을 때 행복한 것이 아닙니다. 어려운 환경일지라도 긍정적으로 받아들이고 해결할 수 있는 자세를 허락하여 주시고, 자신의 행복을 가꾸어 나가는 자녀가 되게 하여 주소서.

예수님 이름으로 기도합니다. 아멘.

자기중심성에서 벗어나기 위하여

사람을 두 종류로 분류한다면, 남을 고려하지 않고 자신만을 생각하는 경우와, 남을 생각하지만 자신의 관점에서 남을 생각하는 경우로 나눌 수 있습니다. 앞의 경우를 이기주의(egoism or selfishness)라고 하고, 뒤의 경우를 자기중심성(self-centeredness)이라고 할 수 있습니다. 자기중심적이라는 것은 모든 사물을 자신의 중심에서 보고 듣고 생각하고 판단하는 것을 말합니다.

자기중심성이란 어린 자녀의 마음의 특성을 나타내는 개념으로서 스위스의 심리학자 피아제가 만든 말입니다. 어린 자녀는 어른과 달라 무엇이나 자기중심으로 사물을 생각합니다. 이 성질을 자기중심성이라 합니다. 예컨대 동무들과 함께 놀고 있을 때도 동무에게 말을 하는 게 아니라 혼자서 멋대로 지껄이고 있는 경향을 보입니다. 이것은 어린 자녀가 자기와 자기를 에워싼 바깥 세계 사이에 분명한 구별이 생기지 않았다는 것을 표시하는 것입니다.

다시 말하면 자기 자신의 주관적인 세계와 자기 밖에 있는 객관적 세계에 구별이 없는 세계에 있다고 할 수 있습니다. 이 자기중심성을 비롯하여 모든 것에 생명과 마음이 있다고 생각하는 애니미즘, 자기 머리 속으로 그린 상상적인 것과 실물을 똑같은 것으로 생각하는 실념론(實念論), 모든 것을 인간이 만들었다고 생각하는 인공론(人工論)과 같은 사고방식이 나타나는 것을 설명하였습니다.

자신이 중심에 있는 경우, 즉 자기중심적인 사람은 주변인들 곧 친구나 가족들을 대할 때도 자신이 그들을 위해 희생하고 있다고 생각합니다. 그것은 진심으로 그들의 기쁨과 즐거움 때로는 슬픔 그 자체에 의미를 두는 것이 아니라 자신을 희생함으로써 봉사를 한다고 생각하는 것입니다. 그만큼 자신의 인격과 품위를 높이기 위한 행동일 뿐, 진심으로 그들을 위하는 마음이 아니라는 것입니다. 그렇게 함으로써 자신의 만족을 취하는 사람입니다. 요즘 말로 '척'하고 '체' 하는 사람입니다.

성경에서 바리새인들은 도덕적으로나 규율에 있어서 철저한 사람들이며, 그들은 범죄를 저지르지도 않고 또한 이기적이지도 않으며, 사회의 규칙과 도덕법을 철저히 지키는 사람들이지만 예수님께서는 그들을 옳지 않다고 말씀하신 까닭은, 그들이 가장 자기중심성의 표본이 되는 사람들이기 때문입니다.

자녀들은 발달학적으로 8~9세가 되면 자기중심성에서 벗어난다고 하지만, 인간성에 있어서 자기중심성은 하나의 습관으로 영원히 버리지 못할 것입니다. 우리 자녀들이 자기중심성을 버리고 진정으로 이웃을 사랑할 수 있는 사람이 될 수 있도록 가르치면서 길러야 할 것입니다.

거룩하신 하나님!

하나님이 사랑해 주심을 감사합니다.

우리 자녀로 하여금 일생 동안 하나님의 사랑을 받으며, 하나님을 사랑하는 자녀가 되게 하여 주소서.

아직도 어려서 자기 생각대로 고집하며 주장하기도 합니다. 바른 것은 끝까지 바르다고 주장하게 하시고, 자신의 그릇된 것은 굽힐 수 있는 사람이 되게 하소서.

세상 살아가는 동안에 자신만 생각하지 않고, 친구들과 이웃을 생각할 수 있는 자녀로 자라도록 도와주소서.

예수님의 이름으로 기도합니다. 아멘.

시기와 질투심을 버리기 위하여

부모의 사랑을 독차지하던 첫 자녀에게 동생의 출현은 호기심과 함께 위협적인 사건이 될 수 있습니다. 온 식구가 새 아기에게 신경을 쓰며 매달려 있고, 손님들은 아기 물건만 사오고, 오나가나 아기 이야기만 하고, 아기에게 다가가면 위험하다고 밀어내면 자녀는 소외감과 함께 자기의 사랑을 빼앗아 간 동생을 미워하는 마음이 생기게 됩니다. 또 엄마와 아빠가 자녀 앞에서 지나치게 사랑의 표현을 하고 자기에게는 좀 무관심하다고 생각할 때, 엄마와 아빠 사이에 끼어들어서 방해하기도 합니다.

이런 경우 유아들은 사랑을 받기 원하여서 아기처럼 굴면서 징징거리고, 멀쩡히 잘 가리던 대소변을 못 가리고, 심지어 동생을 예뻐하면서도 아무도 없을 때 때리거나 꼬집는 일 등의 행동을 하게 됩니다. 이런 행동을 우리는 질투라고 합니다.

질투(嫉妬; jealousy)는 사랑의 한 형태로서 사랑하고 있는 상대가 자기 이외의 인물을 사랑하고 있을 때 일어나는 대인 감정 같은 것을 말합니다. 질투는 직접적인 성적 동기를 가진 성적 질투와, 일반적으로 사회적 친밀관계의 방해에 동기가 있는 비사회적 질투로 분류할 수 있습니다. 그러나 아무 근거도 없이 질투심을 가지는 경우를 질투망상(嫉妬妄想)이라고 하는데, 이것은 사랑하고 있는 상대가 타인과 성적 관계나 애정 관계를 가진다는 망상으로, 알코올중독과 같은 정신병에서 볼 수 있습니다.

특히 부모가 형제에 대한 편애를 보이는 경우, 예컨대 형에겐 지나치게 엄격하고 독립적인 것을 요구하면서도 동생에겐 허용적인 경우, 아들에겐 책임감과 독립적인 것을 요구하면서도 딸에겐 의존적인 태도를 수용하는 경우, 자신을 닮은 자녀에 대해 더욱 허용적이거나 혹은 더욱 엄격한 경우, 공부를 잘하는 자녀와 운동이나 다른 재능을 보이는 자녀에 대한 태도가 다른 경우 등 자녀는 배려와 관용, 상대적 박탈감, 능력의 비교를 당하면서 질투심과 시기심을 느낄 수 있습니다.

자녀가 다섯이면 엄마의 마음도 다섯이라고 했습니다. 자녀들 간의 경쟁과 시기, 다툼은 부모의 차별에 의해 만들어집니다. 질투의 이면을 고려하지 못하고 지나치게 결과적인 행동만을 가지고 벌을 세우게 될 경우, 자녀는 질투를 직접적으로 표현하기보다 속으로 억제하게 되며, 더욱더 거부와 박탈감을 경험하게 됩니다. 자녀의 마음을 이해하고, 배려와 관심을 기울이고, 자녀가 잘할 수 있는 능력을 파악하여 칭찬과 격려를 해주고, 다른 자녀와 비교하지 말고, 자녀 자신만의 독특한 개성을 살려주는 부모가 되어야 합니다.

자녀를 위한 기도

질투가 많으신 하나님!

하나님을 닮아서 우리들도 질투가 많은가 봅니다. 그러나 인간적인 질투는 사람을 시기하고 방해하고 해하려는 악인 줄 압니다. 우리 자녀에게는 하나님의 거룩한 분노만을 주소서.

세상이 경쟁사회가 되어가고, 남을 딛고 일어서야만 하는 약육강식의 세대이기에, 자녀들의 마음도 세상에 물들고 있습니다.

하나님, 우리 자녀로 하여금 순전한 마음을 주소서. 이웃과 친구를 사랑하게 하시고, 함께 더불어 살아갈 수 있는 아름다운 마음을 허락하소서.

예수 그리스도의 아름다운 이름으로 기도합니다. 아멘.

올바른 진로 결정을 위하여

모든 교육은 가정교육에서 시작됩니다. 가정에서의 교사는 부모입니다. 부모는 자녀에 대한 교육의 일차적인 책임을 가지고 계획성 있게 추진해야 합니다. 자녀의 교육은 가정교육에 달려 있습니다.

인간이란 각기 다른 소질과 적성 및 개성을 가지고 태어나게 마련이며 이에 따라 각기 다른 삶의 방향을 추구하도록 되어 있습니다. 지적이고 학문적인 소질이 뛰어난 사람은 그러한 방향으로, 예능이나 기능적 소질이 뛰어난 사람은 그에 맞는 방향으로 삶을 추구해야 합니다. 그렇게 할 때 모두가 각자의 분야에서 우등생이 될 수 있고 성공적인 삶을 살 수 있게 될 것입니다. 이러한 점에서 진로 교육은 자녀로 하여금 주체적이고 합리적이며 계획적인 삶을 추구하여 성공적인 삶을 살 수 있도록 이끌어 주고 도와주는 과정으로 생각하여, 자녀 자신에게 합리적인 의사결정을 할 수 있도록 해야 할 것입니다.

부모는 자녀의 특별한 능력을 발견하도록 도와야 하며, 가족의 구성원으로서 책임감을 갖도록 가르쳐야 합니다. 즉 자신의 소질, 취미, 능력의 발견과 개성을 가꾸도록 하며, 꿈과 희망을 키우도록 도아주어야 합니다. 그리고 가정의 소중함, 형제 간의 우애, 부모의 책임, 자녀의 할 일, 가족들의 노력 등을 이해시켜야 합니다.

나아가서 자녀들로 하여금 자신의 일을 계획하고 실천할 수 있는 능력을 키우도록 합니다. 생활계획표 작성 및 실천, 장래의 희망과 계획, 일의 소중함 알기, 부모님을 돕는 일, 스스로 할 수 있는 일의 실천, 직업은 무엇이며 왜 필요한가, 부지런한 사람들을 본받기 등 직업의 소중함을 일깨워 주어야 합니다.

우리가 교육을 받는 것은 출세만을 위한 것이 아니라 전인적인 인격을 함양하고 적재적소에 맞는 유능한 능력인으로 성장하기 위함입니다. 더 나아가서는 사회에 나가 합당한 직업을 선택하고, 그 일을 통해 생계를 유지하며, 자기실현의 터전으로 삼아 행복하고 만족스런 생활인이 되어 사회에 공헌할 수 있는 사람이 되기 위함입니다.

자녀들로 하여금 일의 보람과 즐거움을 알고 긍정적인 사고를 키우는 것은 장래의 진로와 매우 관련이 깊습니다. 가족들의 역할, 일(또는 직업)에 대한 바른 인식과 태도, 부모가 하는 일, 내가 하고 싶은 일, 일의 보람 등을 알아보면서 일의 선택에 대한 불가피성과 당위성에 긍정적 사고를 갖도록 지도해야 합니다.

우리는 흔히 좋은 직장을 꼽을 때 보수가 많은 직업을 우선하며, 혹은 권력을 내세울 수 있는 일을 우선하기도 합니다. 그리고 그것을 출세의 척도로 삼습니다. 일을 통해 돈을 벌고 생을 꾸려간다는 것은 소중한 가치이지만 돈이 일의 본질일 수는 없습니다. 만족할 수 없는 일, 성취감을 맛볼 수 없는 일은 높은 보수가 뒤따른다 하더라도 진정한 의미의 보람을 줄 수 없습니다.

진정한 의미에서 자녀가 성공적인 삶을 살기를 소망한다면, 자녀의 개성과 적성과 재주가 최대로 실현될 수 있는 진로 지도를 해야 할 것입니다.

자녀를 위한 기도

인도자가 되시는 하나님!

우리 자녀가 살아가는 동안 늘 곁에 계시며, 거룩하신 빛을 비추셔서 바른 길로 인도하여 주소서.

험하고 거친 세파도 이기게 하시고, 하나님이 세상에 보내신 뜻을 이루게 하소서.

이제 자녀의 앞길을 주님께 맡깁니다. 자신의 본분을 깨닫게 하시고, 앞으로 살아나갈 길을 바르게 선택하도록 도와주시고, 후회 없는 삶을 살도록 도와주소서.

자녀가 선택한 일을 통하여 나라와 많은 사람들에게 유익을 끼치며 보람 있는 삶을 살게 하소서.

예수님의 이름으로 기도합니다. 아멘.

올바른 성격 형성을 위하여

성격이란 다양하게 정의될 수 있으나 종합하여 정의하면, 환경에 대한 독특한 적응을 결정하는 정신적, 신체적 체계를 가진 개체내의 역동적인 조직이라고 할 수 있습니다.

성경은 사회적인 상호작용을 할 때 자신을 나타내 보이는 심리적 구조로서, 어떤 상황 속에서도 쉽게 변하지 않고 일관성 있게 자신을 지속적으로 나타내어 주는 특징의 하나입니다.

대체로 자신이 전공한 학과나 직업이 자신의 적성과 흥미에 맞는가에 대하여서는 많이 생각하지만, 과연 그 일이 나의 성격에 맞는가에 대하여서는 나중에 생각하는 것 같습니다. 그러나 오히려 전공 학과와 직업은 그 흥미와 적성보다도 그 학과나 직업이 요구하는 성격이 더 중요하다고 봅니다.

예를 들면, 교사는 기본적으로 사람을 사랑해야 하고, 사업가는 사람을 이해하고 잘 다룰 수 있는 융통성 있는 성격을 가져야 하고, 예술가는 섬세한 성격이 요구됩니다. 성격이 내성적이라서 용기 있게 자신의 능력을 보일 수 있는 상황임에도 불구하고 능력을 보이지 못하면 그 직업을 택할 수 없을 것입니다. 성격은 개개인이 종사하게 될 직장 내에서 적응 가능성 여부를 결정짓는 중요한 요인이 됩니다.

물론 주어진 직업이나 업무를 충분히 해낼 수 있는 능력이 있다고 할지라도 동료 간의 인간관계가 원만하지 못하면 효율적으로 일하기가 힘듭니다. 사회성이 높은 사람은 타인과 접촉이 많은 직업이 적합할 것이며, 사려성이 깊은 사람은 사람과의 접촉보다는 어떤 과제를 심사숙고하여 원리를 찾아내는 직업이 적합할 것입니다.

성격에 맞는 직업을 구하는 것은 자기를 발전시키는 길이 되며, 자신의 생활을 즐겁게 만들어 주는 기본이 됩니다. 그러나 자신의 성격에 맞지 않는 직업을 택한 후에 직업에 맞게 자신의 성격이 변하는 경우도 많이 있습니다. 그러므로 검사결과에 지나치게 얽매이기보다는, 다른 다양한 검사를 참조하여 자신에게 적합한 직업을 선택하는 것이 바람직할 것입니다.

자녀의 성격 알아보기

■ 자녀의 성격을 알아 보기 위한 간단한 테스트입니다. 다음의 질문을 읽고 맞는다고 생각하면 '예', 틀리다고 생각하면 '아니오'에 Ｖ표를 해 주세요.

1. 내 자녀는 대개의 경우 자신의 방법으로 혼자서 일하는 것을 좋아한다.	I예(　) 아니오(　)G
2. 내 자녀는 누구와도 금방 알고 지낸다.	O예(　) 아니오(　)R
3. 내 자녀는 사소한 실패를 늘 마음에 둔다.	S예(　) 아니오(　)F
4. 내 자녀는 잘 생각하지 않고 행동으로 옮기는 일이 종종 있다.	E예(　) 아니오(　)C
5. 내 자녀는 자신의 걱정스러운 일을 좀처럼 잊어버릴 수가 없다.	S예(　) 아니오(　)F
6. 내 자녀는 망설임 없이 어려운 일에 뛰어들 수 있다.	E예(　) 아니오(　)C
7. 내 자녀는 비록 아무도 찬성해 주지 않아도 생각한 것을 말한다.	O예(　) 아니오(　)R
8. 내 자녀는 리더가 되고 싶어 하지 않는다.	R예(　) 아니오(　)O
9. 내 자녀는 모든 사람과 같은 일을 하고 싶어 한다.	G예(　) 아니오(　)U
10. 내 자녀는 남의 기분을 상하지 않게 하기 위해 끊임없이 신경을 쓴다.	S예(　) 아니오(　)F
11. 내 자녀는 무슨 일을 할 때 비록 그 때문에 다른 어떤 일을 포기하게 될지라도 확실히 빈틈 없게 할 수 있도록 주의를 기울인다.	C예(　) 아니오(　)E
12. 내 자녀는 책이나 신문을 읽을 때 슬픈 기사에 눈길을 자주 보낸다.	S예(　) 아니오(　)F
13. 내 자녀는 쉽게 자신의 잘못을 인정하지 않는 성격이다.	F예(　) 아니오(　)S
14. 내 자녀는 자신의 인생을 있는 그대로 받아들인다.	C예(　) 아니오(　)E

15. 내 자녀는 팀을 짜서 일을 하면 힘을 발휘할 수 있는 형이다.	G예( ) 아니오( )I
16. 내 자녀는 모임에 참석하기보다는 집에 있는 쪽을 더 좋아한다.	R예( ) 아니오( )O
17. 내 자녀는 최신 유행의 패션에 관심을 갖고 있다.	E예( ) 아니오( )C
18. 내 자녀는 이 세상에는 괴로움과 불행이 너무 많다고 생각한다.	S예( ) 아니오( )F
19. 내 자녀는 오랫동안 가만히 앉아 있는 것을 싫어한다.	E예( ) 아니오( )C
20. 내 자녀는 언제나 새롭고 재미있는 일에 달려드는 편이다.	E예( ) 아니오( )C
21. 내 자녀는 대개 어떠한 상황에 있어서도 자신을 갖고 있다.	F예( ) 아니오( )S
22. 내 자녀는 매사에 다른 사람들만큼 그렇게 간단히 움직이지 않는다.	F예( ) 아니오( )S
23. 내 자녀는 어떠한 일에서나 친구들에게 힘이 된다.	G예( ) 아니오( )I
24. 내 자녀는 때때로 남이 어떻게 생각하고 있는가에 신경을 쓴다.	R예( ) 아니오( )O
25. 내 자녀는 토론하는 곳에서는 항상 무엇인가 말한다.	O예( ) 아니오( )R
26. 내 자녀는 때때로 사소한 실패가 이것저것 머리에 떠올라 잠을 설치는 일이 있다.	S예( ) 아니오( )F
27. 내 자녀는 자신의 기분이 남에게 알려져도 별로 신경을 쓰지 않는다.	G예( ) 아니오( )I
28. 내 자녀는 만약 친구가 없다면 어떻게 해야 할지 모른다.	G예( ) 아니오( )I

29. 내 자녀는 종종 남에게 알리지 않고 일을 잘 저지른다.	I예( ) 아니오( )G
30. 내 자녀는 자신의 사고 양식에 반대하는 사람들을 이기고 싶어한다.	O예( ) 아니오( )R
31. 내 자녀는 하나의 일을 한창하고 있을 때 옆길로 빗나가는 일이 종종 있다.	E예( ) 아니오( )C
32. 내 자녀는 한 번 결심한 후에라도 생각을 바꾸어 버리는 일이 종종 있다.	E예( ) 아니오( )C
33. 내 자녀는 사람을 소개하여 서로 사이좋게 지내는 것을 좋아한다.	O예( ) 아니오( )R
34. 내 자녀는 비밀을 갖는 즐거움은 누군가에게 그 비밀을 전달할 수 있기 때문이라고 생각한다.	G예( ) 아니오( )I
35. 내 자녀는 무엇을 결정할 때 그것이 남을 놀라게 하는 일이라면 결심이 흔들린다.	S예( ) 아니오( )F
36. 내 자녀는 스스로 말하기보다 듣는 입장이 되는 것을 더 좋아한다.	R예( ) 아니오( )O
37. 내 자녀는 싸움을 해도 금방 화해를 할 수 있다.	O예( ) 아니오( )R
38. 내 자녀는 지금의 자신에 대해 대체로 만족하고 있다.	C예( ) 아니오( )E
39. 내 자녀는 자신의 물건을 빌리려고 하는 사람에게 미리 물어보고 나서 빌려가면 좋겠다고 생각한다.	I예( ) 아니오( )G
40. 내 자녀는 고민이 있을 때 친구에게 털어놓고 이야기하고 싶어 한다.	G예( ) 아니오( )I

■ 위에서 E, G, O, F에 '예'라고 답한 수를 각각 세어서 〈 〉안에 기록하세요.

E 〈　　〉0(온화하다)↔10(흥분하기 쉽다)

G 〈　　〉0(독립지향적이다)↔10(집단지향적이다)

O 〈　　〉0(내향적이다)↔10(외향적이다)

F 〈　　〉0(감수성이 있다)↔10(현실적이다)

자녀를 위한 기도

크신 은혜로 돌보시고 인도해 주시는 주님!

은혜를 생각할 때 항상 감사함이 넘칩니다. 귀한 자녀를 선물로 주시고, 건강하게 키워 주시니 감사 드립니다. 자녀가 자라면서 더욱더 아름다운 예수님의 모습을 닮아갈 수 있게 도와주소서.

고통 받는 이웃을 돌볼 수 있는 넓은 마음을 가질 수 있게 하시고, 욕심 때문에 이웃의 아픔을 보지 못하는 어리석음이 아니라, 남의 아픔을 진정 나의 아픔으로 느낄 수 있는 깊은 사랑을 가지게 하소서.

자신이 진정으로 원하는 것이 무엇인지 알 수 있게 하시고, 그 소망이 주님의 뜻에 합당한지를 알 수 있는 놀라운 지혜를 허락해 주소서. 그리하여 생을 불사를 소망을 향하여 밤새워 노력할 수 있는 아름다운 인내와 믿음으로 무장하게 해 주소서.

스스로 자만하여 넘어지지 않고, 또한 비굴하게 행하지 않으며, 자신에게 향하신 주님의 뜻을 잊지 않음으로 진정 스스로를 사랑할 수 있는 사람으로 자라나게 하시고, 주님이 주신 사랑만큼 이웃의 실수를 용서하고, 너그러움으로 받아들일 수 있도록 도와주소서.

이 자녀로 말미암아 많은 사람들이 하나님의 사랑을 깨달을 수 있게 하여 주소서.

예수 그리스도의 이름으로 기도합니다. 아멘.

가치관 형성을 위하여

가치란 말 그대로 가장 중요한 순서대로 값을 매기는 것이라고 할 수 있습니다. 돈을 위해 살게 되면 돈을 좇게 되고, 돈이 늘 우선이 됩니다.

한 자녀가 자라서 사회에 진출하고, 결혼을 하고, 나름 자기의 인생을 꾸려나가는 과정에서 수많은 곤란을 겪을 것이며, 어려운 결정을 내려야 할 순간들이 닥쳐올 것입니다. 그 결정의 순간에 무엇이 옳고, 무엇이 그른가에 대한 가치판단의 기준이 필요한데, 바로 그 가치판단의 근거가 되는 것이 가치관입니다.

자녀를 잘 기르는 것은 단순히 공부를 잘 시켜서 좋은 대학에 보내고, 출세시키는 것이 다가 아닙니다. 보다 중요한 것은 '왜 이 자녀를 잘 키워야 하는가?'에 대하여 성찰하는 것입니다. 이것은 곧 자녀로 하여금 자신의 가치를 분명히 하는 일이기 때문입니다.

개인의 삶은 어느 한 가지 획일적인 가치관에 얽매이는 것보다 다양한 가치관을 중심으로 뚜렷한 가치관을 세운 터전 위에서 자기의 능력과 소질, 적성, 흥미, 신체적 조건, 가정여건, 포부 등을 고려하여 합리적으로 인생의 계획을 세우고 선택하며 준비하는 것이 삶의 정당한 길을 밟아 나아가는 것으로 매우 바람직합니다.

어떤 사람은 권력을 추구하는 것이 최고의 목표와 삶의 전부라고 생각할 수도 있을 것이고, 또다른 사람은 돈과 명예를 추종하는 것을 최고의 가치로 삼을 수도 있습니다. 어떤 사람은 평범하게 주어진 자기의 여건을 잘 파악하고 분수에 알맞게 삶의 목표를 세워 그에 걸맞은 삶의 계획을 세우고 인생의 보람과 긍지를 느끼면서 행복을 추구해 나갈 것입니다.

자신이 하는 일에 대하여 내가 왜 이 일을 해야 하고, 이 일을 통해서 내가 얻는 것이 무엇인가를 분명히 안다면 그 일은 재미있고, 설사 고통스럽다해도 적극적으로 긍정적으로 생각하면서 그 일을 수행할 수 있을 것입니다.

자녀를 위한 기도

하나님 아버지!

우리 자녀가 자기의 이익을 먼저 구하지 않고 다른 사람을 위해 기꺼이 돕는 손길이 되게 하소서. 남을 위해서 '노'라고 하고 싶을 때에도 '예'스라고 말할 수 있는 용기를 주소서.

언제나 마음을 열어 놓아 새로운 길을 두려워하지 않게 하시고, 꿈을 지속적으로 진화시켜 기회가 오면 적극적으로 행동하게 하소서.

부정적인 것과 멀리하게 하시고 긍정적인 사람들과 견고한 인맥을 형성하여 도움을 주고받게 하소서.

자신이 진정으로 원하는 것이 무엇인지 파악할 수 있는 능력을 주시고, 자신이 할 수 있는 모든 노력을 경주하게 하소서.

예수 그리스도의 이름으로 기도합니다. 아멘.

자아정체감 형성을 위하여

　자아정체감(Self-identity)이란 말은 자기 존재의 동일성과 독특성을 지속하고 고양시켜 나아가는 자아의 자질이라고 할 수 있습니다. 이러한 자아정체성은 인간이 발달하면서 형성되는데, 청소년기의 자아정체감 형성이 가장 중요합니다.

　자아정체성의 형성은 생물적이고 동물적 존재로서의 인간이 자신을 타인과 구별되는 존재로 파악하고, 자기 자신을 자신이 속한 가정과 사회, 그리고 국가의 한 구성원으로 인식하는 것입니다. 그리고 자신에게 주어지는 사회적·도덕적 책임을 수용하여, 자신의 존재 가치와 생존의 의미를 발견하는 것이기도 합니다.

　정체감의 영어 단어 identity는 겉과 속이 같아지는 것을 의미하기도 합니다. 그러므로 자아정체성의 형성은 객체로서의 자아와 주체로서의 자아를 맞추어 가면서 자아정체성을 형성하는데, 자아정체성이 형성되면 자신의 과거·현재·미래를 안정되게 통합하며, 자신의 가치와 목표를 이루기 위해 헌신하는 태도를 갖게 됩니다.

　특히 청소년기는 부모와의 긴밀한 관계에서 벗어나 주관적인 세계에 눈을 뜨기 시작하고, 독립적인 자아를 형성하는 태도를 갖게 됩니다. 청소년기에 자아정체성을 확립하지 못하면 성인이 되었을 때, 자신의 역할 수행에 혼란을 느끼고 비정상적인 행동을 하게 됩니다.

대부분의 경우 청소년 초기에 형성된 신체상(body image)이 성인기까지도 지속된다고 합니다. 특히 다른 사람들이 자기 신체에 대하여 이야기하는 것을 통하여 신체상을 형성하는데 매우 중요한 역할을 합니다. 이것은 자아정체성 형성에 영향을 주고, 대인관계 양상을 비롯한 제반 성격 형성에 많은 영향을 미치게 됩니다.

그러나 중요한 것은 남들이 말하는 자신에 대한 견해보다도 자기가 자신에 대하여 가지고 있는 생각이 더 중요합니다. 이 생각을 올바르게 가지고 있으면 긍정적인 자아정체성을 형성할 수 있습니다.

자녀를 위한 기도

사랑하는 하나님!

저희에게 귀한 자녀를 주시어 감사합니다. 주님께서 맡겨 주신 자녀가 올바른 길로 나아갈 수 있도록 도와주시고, 그들과 함께하시어 주님에 참 사랑을 느낄 수 있게 은총을 내려 주소서.

하나님의 참 사랑을 함께 나누며 살 수 있도록 이끄시어,

주님의 참다운 일꾼으로 선택 받길 원합니다.

주님! 저희 자녀들을 어여삐 여기시고, 늘 보호해 주시며, 항상 말씀으로 양육할 수 있도록 지혜를 주소서.

우리 자녀들이 자신의 욕심을 채우기에 앞서 이웃을 생각 할 줄 알고, 사랑을 실천할 줄 아는 사람으로 자랄 수 있도록 그들의 마음에 사랑의 불길을 지펴 주소서.

그리하여 그들이 하나님의 사랑을 전파하고 증거할 수 있는 하나님의 자녀로 자랄 수 있도록 훈련시켜 주소서.

예수님의 이름으로 기도합니다. 아멘.

자아존중감을 키우기 위하여

사람이 행복하게 살아가는데 가장 중요한 것은 자기 자신을 아끼는 마음, 즉 자아존중감(Self-esteem)이 필요합니다. 자아존중감이란 '내가 나 스스로에 대해 얼마나 긍정적으로 생각하고 있느냐' 하는 것으로서, 비슷한 말로 '자기애', '자기 확신' 등이 있는데, 그 뜻을 정의하면 '자신에 대해 느끼는 가치와 자신을 소중히 여기는 마음'이라 할 수 있습니다.

자아존중감이 높은 자녀들은 스스로를 가치 있는 사람으로 여기며 소중히 생각할 뿐만 아니라, 스스로를 자랑스러워하며, 간혹 실수를 하더라도 스스로를 용서할 줄 아는 포용력이 있으며, 동시에 무엇이든 해낼 수 있다는 자기 확신이 있습니다.

그러면 어떻게 자녀의 자아존중감이 높일 수 있을까요?

우선 자신감을 갖도록 해야 합니다. 자신감은 자아존중감을 키우는 밑바탕이 됩니다. 자신감을 키우기 위해서는 안정된 환경과 규칙적인 생활, 부모의 일관된 태도와 관심이 필요합니다. 외부 환경이 안정되면 자녀는 내적인 안정감을 얻게 되고, 내적인 안정감은 시간이 지나면서 자신감으로 바뀌게 됩니다.

자녀가 처한 환경이 갑작스럽게 변하지 않도록 신경 쓰고, 규칙적인 일상을 누릴 수 있도록 배려해야 합니다. 이사를 자주해서 환경이나 친구들에게 적응을 못하거나, 양육자의 변화, 갑작스런 생활의 변화는 자녀에게 커다란 스트레스를 주기 때문에 정서적으로 안정을 얻을 수 없습니다. 정서적인 불안정은 곧 자신감을 상실하게 하는 원인이 됩니다.

그리고 '나'란 존재는 세상에서 유일무이한 존재이며, 다른 사람으로부터 존중받아야 한다는 마음을 심어 주어야 합니다. 자기 자신이 무엇을 잘하는지 알게 하고, 또한 부모는 자녀의 모습을 있는 그대로 인정하고 격려하는 것이 중요합니다.

나아가서 소속감을 느낄 때 자아존중감이 커집니다. 자녀들은 집단에 소속되고, 다른 사람과 관계를 맺으면서 성장합니다. 특히 단체생활을 하면서 사회 구성원으로서 소속감을 느끼고 인정받을 때, 이를 통해 자신이 사회에서 필요한 존재임을 실감하게 됩니다. 그러므로 자녀를 교육집단이나 사회집단에 가입시켜서 활동하게 하는 것도 매우 의미 있는 일입니다.

자아존중감 척도

자신이 스스로에게 느끼는 자아존중감, 자기인정의 정도를 체크해 봄으로써 자신을 주관적으로 되돌아보는 기회를 제공해 주게 됩니다.

질문내용에 대하여 〈1 – 전적으로 동의한다. 2 – 동의한다.

3 – 동의하지 않는다. 4 – 전혀 동의할 수 없다. 〉로 표에 "O"를 하

면 됩니다.

질문내용	1	2	3	4
1. 나는 적어도 가치 있는 사람이라고 느낀다.				
2. 나는 내가 많은 장점을 가지고 있다고 느낀다.				
3. 대체로 나는 실패자라고 생각하는 경향이 있다.				
4. 나는 대부분의 다른 사람들만큼 일을 잘할 수 있다.				
5. 나는 자랑할 만한 것이 별로 없는 것 같다.				
6. 나는 나 자신에 대해 긍정적인 태도를 가지고 있다.				
7. 대체적으로 나는 나 자신에 대해 만족하고 있다.				
8. 내가 나 자신을 좀 더 존중할 수 있었으면 좋겠다.				
9. 나는 때때로 내가 정말 쓸모없다고 느낀다.				
10. 나는 때때로 내가 전혀 좋은 사람이 아니라고 생각한다.				

■ 점수가 높을수록 자아존중감이 높다는 것을 의미합니다.

좋으신 하나님 아버지!

우리 가정을 사랑하셔서 자녀들을 선물로 주신 은혜 감사합니다.

먼저 자녀가 솔로몬과 다니엘처럼 신령한 지혜와 명철이 충만하여 하나님의 뜻이 무엇인지 분별하는 자녀가 되게 하소서.

눈에는 회개의 눈물로 적셔 주시고, 세상의 헛된 것이 아니라 에스겔처럼 하나님의 환상과 비전을 바라보는 자녀가 되게 하소서.

두 귀로는 사무엘처럼 하나님이 들려 주시는 사랑의 음성을 들을 수 있는 자녀가 되게 하소서.

입술에는 기도와 찬송이 끊이지 않게 하시고, 바나바처럼 감사와 위로와 칭찬의 혀를 가진 자녀가 되게 하소서.

항상 구원에 대한 감격이 넘치게 하시고, 예수님의 성품을 주사 온유와 용서와 열정을 가지고 두 손과 두 발로 봉사하며 사는 자녀가 되게 하소서.

예수님의 이름으로 기도합니다. 아멘.

바람직한 변화를 위하여

이솝 우화에서 나그네의 외투를 벗긴 것은 강한 바람이 아니라 따뜻한 태양이었으며, 장발장을 도둑이 아닌 타인을 돕는 헌신적인 사람으로 변모시킨 것은 고통을 이해해 준 신부였습니다.

우리 자녀들에게도 무엇인가를 가르치고 싶다면 먼저 자녀를 이해해야 합니다. 자녀가 말을 듣지 않을 때 10번 중 8번을 꾹 참고 이해하는 대화를 해주고, 가치를 전하는 말은 2번만 해준다면 자녀는 가르침을 받아들이고 변화하는 모습을 보이게 될 것입니다.

성급하게 자녀의 태도와 행동을 바꾸겠다는 생각을 버려야 합니다. 자녀를 변화시키려면 먼저 부모가 변해야 합니다. 말 안 듣고 말썽만 피우는 자녀를 원망하고 변화시키려고 하기 전에 부모 자신의 태도와 행동을 바꾸는 정신과 의지가 필요합니다.

우스갯소리로 선생님이 '바람 풍'을 '바담 풍'으로 하면서, 학생들에게는 '바람 풍'이라 하라고 하면 어떻게 되겠습니까? 자녀들은 부모의 태도나 행동을 바라보며 그대로 학습합니다. 부모가 전해 주는 가치는 스펀지가 물을 흡수하듯 자녀에게 속속 스며들므로, 모든 가치 판단은 부모의 말에 근거해 이루어집니다. 부모가 어떤 모델이 되느냐에 따라서 자녀가 좋은 습관을 몸에 익히느냐 그렇지 않느냐가 결정됩니다.

특히 언어가 중요합니다. 부모들이 사용하는 언어는 자녀들의 미래를 좌우합니다. 부모의 사용하는 언어가 나쁜 언어이면 자녀도 나쁜 언어를 사용하는 자녀가 됩니다. 부모의 사용하는 언어가 우울하면 우울한 자녀가 되고, 부모의 사용하는 언어가 짜증이 섞인 언어이면 자녀도 그런 언어를 사용하는 사람이 됩니다. 부모가 사용하는 언어가 불평과 원망의 언어라면 자녀는 불평과 원망을 말하는 자녀가 됩니다.

반대로 부모의 좋은 언어를 사용하면 자녀도 좋은 언어를 사용하는 사람이 되고, 부모의 언어가 감사가 넘치면 자녀도 감사를 아는 사람이 됩니다. 그러므로 자녀를 진정 바르게 키우고 싶다면 먼저 나의 언어생활, 부부 간의 언어생활부터 잘 가꾸어야 합니다.

자녀를 위한 기도

사랑의 주님!

지금 이 순간까지 저희와 저희 자녀들에게 베풀어 주신 모든 은혜에 감사드립니다.

우리 자녀들이 주님을 알고 느끼며, 주님과 함께 늘 깨어있는 삶을 살아갈 수 있도록 허락해 주소서.

주님이 자녀들을 위해 계획하신 바를 따라 살 수 있게 이끌어 주시고, 잠재력을 제대로 발휘할 수 있도록 도와주소서. 또한 자신을 알고 자신을 사랑하며, 더 나아가 이웃을 사랑할 줄 아는 넉넉한 마음을 지니게 하소서.

어려울 때 주님께 의지할 줄 알며, 주님 안에서 행복과 평화를 찾게 해 주시고, 주님만이 인생의 참된 목표가 되게 해 주소서.

늘 주님의 빛 안에 머물게 해 주시고, 주님에게 붙어 있는 온전한 가지로 자라나는 삶을 살게 해 주소서.

늘 주님 안에서 기뻐하며 감사하게 하시고, 주님의 영광을 드러내기 위해 일하는 주님의 참된 일꾼이 되게 하시며, 이 세상에 빛과 소금의 역할을 다하게 하소서.

예수님의 이름으로 기도합니다. 아멘.

좋은 친구를 사귀기 위하여

현대 사회는 핵가족화가 가속화되고 개인주의가 팽배하여 주위에서 친구를 자연스럽게 만들 수 있는 기회가 그다지 없습니다. 기회가 있다고 해도 누군가에게 다가가 주도적으로 친구를 만들지 못하는 자녀들이 있습니다.

흔히들 다른 자녀들과 어울리지 못하고 주로 혼자서 집에서만 노는 자녀들은 별다른 문제를 일으키지 않고 조용히 지내는 편이기 때문에 대개의 부모들은 다만 성격이려니 생각하거나 한두 번 정도 나가서 어울리기를 권할 뿐 소홀하게 넘기기 쉽습니다. 그러나 아동에게 또래 관계는 대단히 중요할 뿐만 아니라, 어릴 때의 또래와의 성공적인 놀이 경험은 이후의 사회생활에 결정적인 영향을 미칩니다. 또한 살아가는 동안에 부모·형제 다음으로 필요한 사람이 친구이므로, 부모가 자녀의 친구관계에 대하여 특별히 관심을 기울여야 합니다.

일반적으로 친구란 친하게 사귀는 과정에서 생각과 뜻을 같이 하는 사람이며, 같은 집단에서 서로 인격적인 접촉의 기회를 많이 갖게 되는 사이를 말합니다.

"친구 따라 강남 간다."는 말이 있듯이, 친구는 자녀가 성장하여 성인에 이르는 과정에서 직접 또는 간접으로 영향을 주고받는 중요한 환경이라 할 수 있습니다. 그러므로 부모들은 자녀들이 친구를 사귀는 데 많은 관심을 갖게 됩니다.

좋은 친구란 서로에게 이익을 주고, 잘못된 점을 바로잡아 줄 수 있는 사이입니다. 따라서 자기와 개성이 다르고, 자기에게 모자라는 점을 보충해 줄 수 있는 친구를 사귈 수 있는 기회를 갖는 것이면 이상적이라고 할 수 있습니다. 예를 들면, 내성적이어서 친구를 잘 사귀지 못하는 자녀는 개방적이고, 친구와 잘 어울리는 자녀를 사귀는 것이 좋을 것입니다. 그러나 반대로 덜렁거리며 침착치 못한 자녀는 오히려 차분한 성격의 자녀를 친구로 사귀게 되면 좋은 영향을 받을 수 있는 있을 것입니다. 또한 겁이 많은 자녀는 씩씩하고 활달한 자녀를, 미숙한 자녀는 좀 더 성숙한 자녀와 사귀며, 공격적인 자녀는 힘이 있으나 호전적이지 않은 자녀를 사귀므로 공격성을 제지받을 수 있는 것이 좋습니다.

대체로 자녀들은 친구와 쉽게 친하게 지내면서 즐거워하는데, 그렇지 못한 자녀들도 간혹 있습니다. 또 부모의 눈에 좋지 않게 비치는 자녀를 사귀는 자녀도 있습니다. 그러나 자녀들에게 부모나 주변 사람들의 직접 나서서 친구를 정해주고 사귀도록 강제하는 일은 올바르지 않습니다.

친구는 인격 형성에 중요한 영향을 미치므로 어린이들의 성장 과정에서 많은 것을 배울 수 있도록 좋은 친구를 사귀도록 지도하는 것은 매우 중요한 일입니다.

자녀를 위한 기도

친구가 되신 하나님!

고난을 당해도 절망하지 않고 일어서게 하시며, 주님 앞에 겸손하고 하나님을 경외하며, 그 어떤 것도 하나님보다 더 사랑하지 않도록 하시며, 자신을 신뢰하지 않고 오직 하나님만 믿게 하소서.

다니엘 곁에 사드락, 메삭, 아벳느고와 같은 신앙과 지혜를 겸비한 좋은 친구들이 있었듯이, 자녀 곁에도 좋은 신앙의 친구가 많이 있게 하시고, 더불어 살아갈 수 있도록 하여 주소서.

세상을 살아갈 때, 자신의 힘이 아니라 전능하신 주님의 능력으로만 살게 하시며, 날마다 친구되신 주님과 동행하며 기도하는 습관을 갖게 하소서.

결코 불신앙과 어리석은 친구들의 유혹에 넘어가지 않으며, 세상을 사랑하는 마음이 멀리 사라지게 해 주소서. 언제나 주님의 형상을 닮아가는 자녀가 되게 하여 주소서.

예수님 이름으로 기도합니다. 아멘.

학습에 대하여 고민하는 자녀를 위하여

부모가 자녀들을 대할 때 가장 많이 하는 말이 '공부해라', '공부를 열심히 해야 훌륭한 사람이 된다.'는 말입니다. 요즈음은 '훌륭한 사람'이란 말 대신에 '부자'란 말을 쓰는 부모가 더 많지만, 이것은 현대 사회에서 인정되는 가치관의 영역이 될 수 있습니다. 다시 말하면, 공부해서 부자가 되라는 말입니다.

그저 공부만 잘하면 저절로 부자가 되어 잘 살게 되는 것처럼 얘기합니다. 어떻게 공부하는가를 가르쳐 주지 않고, 그저 공부하라고만 하면 자녀들은 어떻게 하란 말인가? 자녀들은 다만 책만 잡고 앉아 있을 뿐입니다. 공부하라고 강요만 할 것이 아니라, 어떻게 공부를 해야 하는가를 가르쳐 주어야 합니다.

수험 준비로 인하여 학교에서는 주입식 교육, 가정에서는 예습과 복습, 숙제에 얽매게 되어 점점 학교 가기가 싫어지고 공포를 느끼며, 교사나 친구들에게 불신감도 갖게 되고, 이에 적응이 안되면 열등감 속에서 고민은 더욱 심각해집니다.

이것이 오래 지속되면 몸과 마음에 병이 들고, 등교 거부, 심하면 비행이나 퇴폐적 행동을 저지르는 학생으로 일생을 망치게 되는 것입니다. 그러므로 바람직하고 흥미 있는 학습지도가 필요합니다.

학습에 대하여 고민하는 자녀를 위해서 먼저 학업에 영향을 미치는 요소에 대해서 생각해 보고, 그러한 요소를 효과적으로 학습할 수 있는 상태를 만들어서 최상의 학습효과를 가져올 수 있는 방법에 대해서 생각해 보아야 합니다. 단순히 공부하면 된다는 생각을 버리고 좀더 전략적인 방법을 생각합니다. 특히 학습방법에서 말하는 학습계획, 규칙적인 학습습관, 학습과제의 목표 이해, 학습내용의 구조화와 의미화, 반복학습 등을 실제로 체크리스트를 통하여 자신이 얼마나 파악하고 실천하고 있는지 확인해 본다면, 왜 학습해도 성적이 늘지 않는지 점검하고, 자신의 빈틈을 하나하나 채워 나간다면 전략적이고 효과적인 학습방법을 통해 좋은 성적을 거둘 수 있습니다.

학습태도 점검표

학습태도는 성적에 많은 영향을 미치기 때문에 자녀가 개선해야 할 부분이 없는지 살펴볼 필요가 있습니다.

아래 항목을 보고 해당사항에 O표를 하세요.

1. 공부를 하라고 하면 미루거나 이것저것 핑계가 많다.	
2. 항상 TV나 라디오를 틀어놓고 공부한다.	
3. 학교 수업시간에 대부분 딴 생각을 하거나 주위 학생과 이야기와 장난을 하는 편이다.	
4. 수업시간에 노트필기를 잘하지 않는다.	
5. 교과서나 참고서에 중요한 내용이나 부분을 가려내기가 힘들다.	
6. 종종 교과서나 참고서를 읽어도 세부적인 내용은 기억하기 어렵다.	
7. 공부를 열심히 하는 건 나중에 고학년이 되어서 해도 늦지 않다고 생각한다.	
8. 엄마가 공부하라고 한 만큼만 공부한다.	
9. 장차 어떤 사람이 되고 싶다는 꿈은 없다.	
10. 학습계획을 구체적으로 세워본 일이 거의 없다.	

■ 평가하기

0개 : 한두 가지 부족한 부분에 대해서는 꾸중보다 격려가 필요합니다.

2~4개 : 특별히 드러나는 문제점은 없지만 학습태도를 보다 강화할 필요가 있습니다. 확실하게 목표를 정하고 적절한 긴장감을 가지고 공부할 수 있도록 해야 합니다.

5개 이상 : 학습태도가 나빠 성적이 향상되지 않는 상태입니다. 학습 향상에 대한 심리적 치료가 필요합니다.

사랑하는 나의 하나님!

지금까지 이 자녀를 보살펴 주시고 지켜 주심을 감사 드립니다.

언제나 하나님을 향하여 높은 목표를 갖고 나아갈 수 있게 하소서. 하나님이 내려주신 재능을 좋은 일에 옳게 쓰게 하소서. 항상 노력하는 아름다운 사람이 되게 하소서. 모든 일에 열심을 품고 나아가는 사람이 되게 하소서.

이웃에게 웃음을 나누는 사람이 되게 하시고. 고난과 시련의 고됨 속에서 온 힘을 다해 이겨내고, 넘어져도 일어나서 다시 걷는 자녀가 되게 하소서.

이 자녀의 모든 것을 아시는 하나님! 이 자녀가 밝고 착한 사람으로 자랄 수 있게 항상 주님 함께 하시며 지켜 주소서.

예수 그리스도의 이름으로 기도합니다. 아멘.

학습 부진아를 위하여

부모들이 흔히 하는 말 중에, '우리 자녀는 머리는 좋은데 성적이 떨어진다.'는 말이 있습니다. 이런 경우를 학습 부진아(學習不振兒)라고 칭합니다. 즉 학습 부진아란 지능에 비하여 학력이 뒤떨어지거나 학업 성적이 부진한 자녀를 말합니다.

이처럼 학습 부진아는 신장 발전할 수 있는 능력이 있음에도 불구하고 그 능력을 활용하지 못하기 때문입니다. 그러므로 적절한 치료로 구제하지 않으면 자녀 자신 뿐 아니라 사회적으로도 큰 손실이 되는 것이며, 나아가 반사회적인 성격의 소유자가 될 수 있습니다.

학습 부진을 가져오는 중요한 원인들은 자녀의 신체적인 장애가 있는 경우, 소극적인 성격으로 신경과민으로 불안감과 긴장감을 느끼는 등 성격상의 결함이 있는 경우, 심리적 욕구불만이나 열등의식을 갖는 경우, 영양 장애 등 체력적인 결함에 의해서 기력이 부족하고 지구력이 약한 경우, 주위가 산만하고 덤벙거리며 침착하지 못하는 등의 학습 태도에 문제가 있는 경우, 기초 학력이 부족하거나 창의성이 부족한 경우, 공부하는 방법을 모르는 경우, 학습에 대한 흥미와 의욕이 부족한 경우, 가정환경이 좋지 않거나 부모환경으로 인하여 정서적 안정을 갖지 못한 경우, 과잉보호나 무관심한 양육환경, 선생님에 대한 불신과 불만 등 부정적인 생각을 갖는 경우, 친구들로부터 소외당하거나 배척을 당하여 자기 혼자라는 고독에 사로잡혀 있는 경우 등 다양합니다.

학습 부진아는 의사가 병원에서 진찰을 하여 치료를 하는 것처럼 진단을 하고, 진단 결과에 따라 교육적인 방법으로 치료를 하여 그 변화를 다시 평가하고, 다시 진단하는 방법을 계속 실시해야 합니다.

학습 부진아를 가진 부모는 항상 학교의 선생님과 유기적인 인간관계를 맺고 보조를 맞추어 가며 기초 학력을 정착시키기 위한 특별지도와 개별지도를 실시해야 할 것입니다.

학습 부진의 지도에 있어서는 '왜 이렇게 되었을까?'라는 원인의 진단이 매우 중요하기 때문에 선생님과 함께 의논하여 진단을 해 보는 기초 과정이 매우 필요할 것입니다. 지도법은 항상 진단에 따라서 이루어져야 할 것입니다.

무엇보다도 공부를 할 수 있게 되었다는 의식을 심어 주어야 합니다. 자녀들에게 안정감과 자신감을 심어 주도록 하는 것은 무엇보다도 중요한 선결 과제입니다. 안정감과 자신감이 생기면 앞으로 나아갈 수 있는 저력이 생기기 때문입니다.

자기주도 학습습관 체크리스트

〈 그렇지 않다 – 0, 그저 그렇다 – 1, 그렇다 – 2. 매우 그렇다 – 3 〉으로 표시하세요.

1. 목표 점수나 등수를 생각하며 공부한다.	
2. 꼭 되고 싶은 확실한 장래희망이 있다.	
3. 항상 나를 칭찬 격려해 주는 사람이 있다.	
4. 숙제와 시험에서 잘 할 자신이 있다.	
5. 누가 시키지 않아도 스스로 공부한다.	
6. 공부하는 것이 즐겁다.	
7. 공부할 때 중요 내용에 밑줄을 긋거나 표시한다.	
8. 책을 읽을 때 요점을 파악하면서 읽는다.	
9. 예습 복습을 중요하게 생각한다.	
10. 계획을 세우면 잘 실천하는 편이다.	
11. 오늘 해야 할 공부를 내일로 미루지 않는다.	
12. 이해가 안되는 부분이 있으면 다시 공부한다.	
13. 혼자 공부하는 시간을 정해서 매일 공부한다.	
14. 시험공부는 몰아서 하지 않는다.	
15. 공부할 분량을 정해놓고 공부한다.	
16. 최소한 1시간은 집중해서 공부할 수 있다.	
17. 공부가 잘 되는 나만의 공부장소가 있다.	
18. 모르는 것이 있으면 선생님에게 질문한다.	

■ 진단결과

상(40~54점) : 스스로 공부하는 습관이 몸에 배어 있어서 누구보다 성공적인 학습이 가능합니다.

중(20~39점) : 자기주도 학습법에 대해 정확히 이해한 경우, 구체적인 방안을 보완하여 보다 적극적으로 실천해 봅니다.

하(00~19점) : 자기주도 학습의 이해와 실천력이 절실히 요구됩니다. 신나는 공부가 되려면 공부 습관이 몸에 배어야 합니다.

자녀를 위한 기도

사랑이신 하나님!

인생을 100미터 달리기처럼 살지 말고 마라톤을 하듯이 끈기와 인내심으로 인생을 완주하게 하여 주소서.

목표가 뚜렷해야 생활이 뚜렷함을 알고, 자신이 없는 곳에는 완성이 없음을 알고, 자기가 자기 스스로를 자극하며, 올바른 생각을 많이 하고 실천을 많이 하게 해 주시고, 무슨 일을 하든지 하는 일에 재미를 느끼게 해 주소서.

옳고 그름을 판별하는 지혜와 자신의 약점을 발견하여 무한한 장점을 개발할 수 있는 지혜를 주시며, 자신을 돌아볼 줄 아는 자녀가 되게 하소서.

주어진 환경을 사랑하고, 환경에 끌려가지 말고 환경을 변화시키는 자녀, 괴롭고 슬프고 외롭고 분하고 억울한 것을 기쁨으로 늠름하게 넘길 수 있는 신념과 의지가 서 있는 자녀가 되게 해 주소서. 하나님께 부끄럼 없는 삶을 살아가는 자녀가 되게 해 주소서.

예수님 이름으로 기도합니다. 아멘.

학습동기 유발을 위하여

옛말에 "마부가 말을 물가에까지 끌어다 놓을 수는 있어도, 말이 원하지 않으면 물을 절대로 먹일 수 없다."는 말이 있습니다. 이처럼 자녀들이 책상머리에 앉아 있다고 해서 다 공부를 잘하게 되는 것은 아닙니다. 자녀 스스로가 공부하고자 하는 마음을 먹게 하는 것이 중요한 일입니다. 이것을 교육학 용어로 학습동기 유발이라고 합니다.

학습의 동기를 유발시켜 주는 방법으로는 자녀들에게 장래에 대한 꿈을 갖게 하는 일, 공부에 대한 중요성을 깨닫게 하는 일, 칭찬과 인정, 격려를 통하여 그들에게 학습에 대한 의욕과 자신감을 갖게 해 주는 일 등이 있습니다. 자녀들의 학습에 대한 부모의 가장 나쁜 태도는 꾸짖어 자녀들에게 열등감과 좌절감을 심어 주는 일이며, 가장 좋은 태도는 칭찬과 격려로 학습에 대한 흥미와 자신감을 갖게 해 주는 일입니다. "참 잘했다.", "너는 할 수 있어, 너는 될 수 있어."라는 한마디는 자녀들에게 의욕과 자신감을 심어 주기 때문에, 우리는 사랑스런 자녀들에게 자주 칭찬하고 많이 격려해 주어야 합니다. 자녀들로 하여금 공부를 의욕적으로 하게 하려면 부모들은 그들의 조그마한 진전이나 노력이라도 눈여겨 보아 두었다가 잊지 않고 꼭 칭찬해 주어야 합니다. "야! 전체 석차가 10등이나 올랐는걸!” 하고 말입니다.

공부는 못해도 운동을 잘하면 다른 것은 다 제쳐두고 운동에 대해서 칭찬해 주시기 바랍니다. 만약에 “운동이 무슨 소용이 있어.” 하고 부정적인 쪽으로만 생각하면, 그런 부모는 자기 자녀로 하여금 공부가 아닌 어떤 것으로도 성공하지 못하게 하는 불행한 결과를 초래하게 될 것입니다.

자녀로 하여금 학습동기를 높여 주기 위해서는,

① 성공적인 경험을 많이 하도록 합니다. 성공적인 경험을 갖도록 하는 것은 이전에 성공했던 일에 대해서 더 많은 관심을 갖고 잘할 수 있도록 합니다.

② 스스로 자기 통제 경험을 하도록 돕습니다. 학습과 관련된 자신의 상황, 감정, 성공 경험 등이 외부 요인에 의해 통제되는 것이 아니라 스스로 생활을 통제할 수 있다고 느낄 때 자존심이 높아지고 학습에 대해 계속적인 통제력을 가지려고 노력하게 됩니다.

③ 정서적인 적응을 돕습니다. 불안, 우울, 혼란감과 같은 정서적인 상태는 학습에 영향을 미치게 되는데, 학습동기를 높이려면 이러한 부정적인 정서를 이겨내고 적응할 수 있도록 돕는 것이 중요합니다.

④ 신체적인 건강관리를 돕습니다. 학습과 관련된 효율적인 정보처리가 일어나려면 정서적으로 안정되어 있을 뿐 아니라 신체적으로도 건강해야 합니다. 피로하거나 체력이 저하되고 허약할 때 오랫동안 학습에 몰두하기 어렵다는 것은 경험을 통해 알 수 있습니다.

⑤ 부정적인 환경에 대처하도록 돕습니다. 지나치게 어려운 학습 내용, 지나치게 경쟁적인 학습분위기, 친구나 교사와의 관계의 소원함, 부모의 지나친 기대감 등 학습동기를 저해하는 부정적인 환경에 대처하도록 돕는 것은 학습동기를 증진시킬 수 있는 방법 중의 하나입니다.

자녀를 위한 기도

지혜이신 하나님!

예수님도 그 지혜와 그 키가 자라며 하나님과 사람에게 더 사랑스러워졌던 것처럼, 저희 자녀들도 그렇게 성장하길 원합니다.

세상을 살아가는 동안 무엇보다도 여호와를 경외함이 지혜의 근본임을 깨닫게 하여 주소서. 지혜를 구하는 자들에게 지혜를 주시겠다고 하셨으니, 지혜를 허락하여 주소서.

하나님의 지혜로 말미암아 자녀들이 지혜롭게 자라게 하시고, 그 지혜로 이들의 마음을 새롭게 하여 주소서. 자녀들 또한 이들에게 순수함과 자비, 겸손함과 신실함 같은 생명의 보화들을 주소서.

주님을 아는 것이 인간의 온갖 지식 중에서 가장 뛰어난 것을 알게 하시고, 주님의 인도함을 받는 자녀들이 되게 하여 주소서.

예수님의 이름으로 기도합니다. 아멘.

자기와의 싸움을 이기도록

현대는 경쟁의 시대입니다. 눈만 뜨면 잘 살려는 의욕이 앞서 나와 많은 사람들을 이기려고 합니다. 다른 사람에게 이기기만 하면 된다고 두 주먹을 불끈 쥐기도 합니다.

우리들이 남과 싸워 이기려는 위세는 이처럼 등등하지만, 정녕 우리가 이겨야 할 대상은 남이라기보다 바로 자신입니다. 이 세상에서 가장 어려운 일이 있다면 곧 자기 자신을 이기는 일일 것입니다.

자녀를 생각하여 부모가 과제를 해 주고 일을 처리해 주는 것은 자녀를 위하는 것이 아니라 그르치게 하는 것임을 잊지 말아야 할 것입니다. 왜냐하면 무슨 일에 남이 도와주거나 대신해 주면 자녀들은 자기 머리로 생각하고, 제 몸으로 부딪혀 보고, 자신의 힘으로 일을 처리해 볼 수 있는 기회를 그만큼 상실해 버린 채 결국 의지나 의욕이 없이 조금만 힘이 들면 포기해 버리는 나약한 인간이 되기 때문입니다.

공부를 한다는 것은 의지와 인내로 하는 괴로운 정신적 중노동이며 자기 자신과의 힘겨운 투쟁인 것입니다. 자녀들에게 의지와 인내력을 길러 주기 위해서는 자녀를 편하게 하거나 받들어 키워서는 안됩니다. 어렸을 때부터 혼자서 공부하고 홀로 일을 처리하도록 해야 합니다. 남에게 의존

하지 않고 결국은 홀로 서야 되고, 자신과의 싸움에서 이기는 사람만이
성공할 수가 있는 것입니다.

자녀를 위한 기도

살아계신 하나님 아버지!

주의 은혜 가운데 자녀가 성령으로 거듭남의 역사가 있기를 기도합니
다. 이들에게 온유하고 겸손하며 영혼을 사랑하는 성품을 주시고, 마음
을 다스리며, 자기와의 싸움을 이기도록 힘을 주소서.

학교생활에서는 스승을 존경할 줄 알며 질서를 지키고, 나보다 앞선
친구는 인정해 주면서 도전을 받고, 나보다 못한 친구는 격려해 주며, 늘
도와주는 아량으로 예수 그리스도의 사랑을 실천하게 하소서.

좋은 환경에 있는 자녀들이나 어려운 환경에 있는 자녀들을 모두 공평
하게 대하며, 더불어 살아가는 지혜를 허락하소서.

예수님의 이름으로 기도합니다. 아멘.

자기주장이 분명한 자녀

자녀가 자신의 주장이 강하다 못해 억지스러울 정도로 자기의 생각을 고집하기도 합니다. 분명히 자기가 잘못한 행동인데도 끝까지 아니라고 고집하는 자녀도 있습니다. 이런 자녀는 자기주장이 분명한 자녀와는 다릅니다.

대체로 고집부리는 자녀의 부모는 일관성 없는 태도를 취하는 경우가 많습니다. 안되면 처음부터 안되어야 하는데 어떤 때는 되고 어떤 때는 안되고, 부모의 기분과 상황에 따라 일관성이 없으면 자녀는 거듭 자기 요구를 주장하다가 고집부리고 떼쓰는 것이 그 자녀의 요구방식으로 굳어지게 됩니다. 부모가 계속 요구를 들어주지 않고 점점 혼내는 강도가 심할수록 자신을 사랑하지 않는다고 생각하게 됩니다. 따라서 자녀는 자녀대로 더욱 자기의 행동을 강화하고 고집은 더욱 거세지기 마련입니다.

그러나 자기주장이 분명한 자녀는 무조건 고집을 부리지 않습니다. 자기주장에 대하여 확인하고 책임지려는 성격이 강합니다. 자기주장이 분명한 자녀는 자기가 싫다고 의사표현을 정확하게 하는 것입니다. 때로는 자기주장을 하고, 그것을 번복하기도 합니다. 그것은 자기가 그것을 왜 싫어 했는지, 자기의 주장이 옳고 그른지 확인하고 싶어 할 뿐만 아니라 자기주장에 대하여 책임을 지고 싶어 하기 때문입니다.

자기주장이 분명한 자녀는 주변에 있는 사람들이 어떤 것이 좋은 것이라고 아무리 자랑하여도 자기가 좋아하는 것이 아니라면 무조건 따르지 않으며 부러워 하지도 않습니다.

자기주장이 분명한 자녀들은 때로는 주위로부터 미움을 받거나 매를 맞기도합니다. 그러나 자신의 의사를 분명하게 말할 수 있는 힘을 갖고 있는 자녀입니다. 자기 의사를 분명하게 밝히되 다른 사람이 부끄러워하거나 기분나빠하지 않도록 배려하는 힘을 길러 준다면 훌륭한 사람으로 성장할 것입니다.

자녀를 위한 기도

영광을 받으실 하나님!

이 자녀들이 하나님을 영화롭게 하는 삶을 살아가게 하여 주소서. 세상의 것들을 추구하는 허망한 삶에서 벗어나게 하시고, 창조주 하나님을 마음의 중심에 모시고 진리 안에서 살아가는 삶이 얼마나 아름답고 풍성한지를 깨닫게 하여 주소서.

세상풍조 속에 안주하여 편하고 쉬운 길로 가는 대신에 어렵고 힘들고 고통스럽더라도 바른 길을 선택하는 지혜와 용기를 주소서.

공부를 위한 공부가 아니라 하나님의 영광을 위한 공부, 이웃을 사랑하고 섬기기 위한 공부를 하게 하소서.

하나님이 이들에게 주신 은사가 무엇인지를 분별할 수 있는 지혜를 주셔서, 그 능력을 개발하여 자기 개성에 맞는 비전을 갖게 하시고 미래를 설계하게 하소서.

꼭 필요한 사람이 되어 고통 받는 이웃들을 사랑으로 품어 주며, 세계를 복음으로 변화시키고자 하는 열망이 학문의 목표가 되게 하소서.

예수님 이름으로 기도합니다. 아멘.

이기적인 자녀

눈에 넣어도 아프지 않을 만큼 소중하지 않을 자녀가 어디 있겠습니까마는 외동이의 경우는 그 소중함이 더함은 말할 필요도 없을 것입니다. 혹시 '이 자녀가 잘못되면 어떡하나….', '하나뿐인데 잘 키워야지…' 하는 등의 생각으로 지나친 과보호와 관용을 베풀게 됩니다.

또 자녀가 해달라는 것을 거절하지 못하거나 또는 자녀가 하나 뿐이다 보니까 자녀보다도 부모 자신이 자녀와 정서적으로 분리되는데 더 어려움을 겪는 경우도 많습니다. 이런 자녀들이 성장해서 유치원이나 학교에 입학하면 문제가 발생합니다. 친구들이 자신의 장난감을 만지면 막무가내로 울어대며, 또 선생님이 자기만 돌봐주기를 원합니다.

자녀가 하나 뿐이라면 그 자녀가 더욱 더 소중하고 사랑스러운 것은 당연한 것입니다. 그러나 자칫 이러한 사랑이 지나치다보면 과잉보호나 지나친 허용으로 자녀를 망칠 수 있습니다. 자녀가 한 사회의 건강한 구성원으로 성장할 수 있도록 돕기 위해서는 자녀에게 이 사회에서 요구하는 기본적인 규칙이나 예의를 배울 수 있도록 도와주는 것이 건강한 부모의 역할입니다.

따라서 부모는 자녀가 어느 정도 나이가 되면(만 3세 정도) 자녀를 서

서히 정서적으로 분리하는 연습을 하고, 독립적인 자아로서 인정하려는 노력이 필요합니다. 그리고 어릴 때부터 기본적인 행동 규칙들을 설정해 놓고 일관성 있게 이러한 규칙들을 지키도록 하는 것이 필요합니다.

부모들이 자녀들의 행동을 통제할 때는 자녀들이 울거나 떼를 쓴다고 해서 포기하고 들어주는 것이 아니라 부드러우면서도 단호한 태도로 일 관성 있게 규칙을 준수하도록 하는 것이 필요합니다.

또한 자녀들의 이타적인 행동을 키우기 위해서는 사랑이 넘치고 따뜻한 가정 분위기를 조성하고, 규칙을 분명히 설명해 주고 이유를 설명하며, 이타적인 행동에 대한 칭찬을 해 주며, 바람직한 행동을 하도록 부모 자신이 사려 깊고 관대한 행동 모델이 되도록 노력해야 합니다.

자녀를 위한 기도

거룩하신 아버지 하나님!

눈에 넣어도 아프지 않을 만큼 소중하지 않을 자녀가 어디 있겠습니까마는, 우리 자녀를 버릇이 없고 이기적인 자녀가 되지 않도록 양육하는 지혜를 허락하여 주소서.

요즘은 경쟁사회가 되어서 남을 짓밟고 이겨야만 살아갈 수 있는 세상이 되었습니다. 이런 사회에서도 우리 자녀는 친구들을 이해할 줄 알

며, 자신보다도 이웃을 사랑할 수 있는 사회의 건강한 구성원으로 성장
할 수 있게 하여 주소서.

그러한 생각은 예수님의 마음을 닮지 않고서는 불가능합니다. 언제나
주님을 바라보게 하시고, 주님의 마음을 본받는 사람이 되게 하여 주소
서.

예수 그리스도의 이름으로 기도합니다. 아멘.

의존적이고 자신감이 없는 자녀

부모들이라면 누구나 자녀가 적극적이고 자신감 있게 크기를 바랄 것입니다. 하지만 사소한 것까지 부모의 허락을 구하고, 과제물도 엄마가 일일이 챙겨 주어야 하며, 자기 스스로 아무런 결정을 못하는 자녀들이 있습니다. 이런 행동은 나이가 들어서도 부모, 형제, 배우자, 자식에게까지 의존하려는 행동으로 남습니다. 이러한 자녀들의 배후에는 대부분 뭐든지 알아서 처리해 주는 부모들이 있습니다. 즉 스스로 시도할 기회가 거의 주어지지 않았기 때문입니다. 자신감이 완성되는 시기를 만 6세부터 12세 사이로 보는데 자신감의 기초가 되는 부분들은 아주 어려서부터 형성됩니다. 흔히 만 2세가 되면 자녀들은 무엇이든지 스스로 하려고 하는 자율성이 형성되기 시작합니다. 한쪽 가랑이에 양쪽 발을 집어넣으면서도 기어이 혼자서 바지를 입으려고 하며, 숟가락이 코로 향하면서도 혼자서 밥을 먹겠다며 엄마와 실랑이를 벌이기도 합니다. 자녀들은 이러한 연습과 시행착오를 거치면서 자율성을 터득하게 되며 자신감을 갖게 되는 것입니다.

하지만 오늘날 많은 부모들은 이러한 자녀들의 자율성을 저지시킵니다. 가령 자녀는 매우 적극적이고 활발한 자녀이어서 그대로 놔두면 호기심 많고 자신감 있는 자녀로 자랄 수 있는데, 부모가 너무나 엄격하고 예의바른 것을 강조하며 소극적일 경우 자녀의 행동을 통제하고 비난하는 경우가 많게 됩니다. 이럴 때, 자녀의 타고난 성향과 부모의 양육태도가 맞지 않으면 자녀는 좌절 경험을 많이 하게 되고, 자신은 부적합한 자녀, 항상 잘 못하는 자녀로 생각하게 되어 자신감을 상실하게 됩니다. 또 다른 경우, 부모가 사사건건 참견하며 다 해주면 자녀는 '나 혼자서는 할 수 없구나'라고 생각해서 의존적이 되며 자신감을 상실하게 됩니다. 이와는 반대로 자녀가 무슨 일을 하든 전혀 관심을 보이지 않을 때도 자녀는 '내가 하는 일이 부모에게는 전혀 가치가 없구나'라고 느껴 자신감을 잃게 됩니다. 부모가 소극적일 때도 자녀들은 그러한 태도를 배우게 되는 것입니다. 이렇듯 부모의 양육태도는 자녀의 자신감에 매우 큰 영향을 끼치게 됩니다.

따라서 자녀들이 독립성을 갖고 성장할 수 있도록 도와주기 위해서는 첫째로, 자녀들 스스로 할 수 있는 기회를 많이 주고 주도성을 존중해 주어야 합니다. 즉 자녀가 쉽게 잘 할 수 있는 일들을 자주 하게 해 주어 자녀가 성공하는 경험이나 긍정적인 경험을 많이 하도록 해 주는 것입니다. 예를 들면, 자녀의 학용품이나 옷을 사 줄 때, 부모가 몇 가지를 고른 다음 그 중에서 하나를 선택하도록 하는 것도 도움이 될 것입니다. 그 다음에는 반드시 자녀가 스스로 결정한 것에 대한 격려와 칭찬을 해주어야 합니다. 어린 자녀라면 이러한 칭찬과 더불어 작은 물질적인 보상을 해주는 것도 좋습니다. 둘째로는 자신의 행동에 책임질 수 있도록 키워야 합니다. 예를 들어, 준비물을 미리 챙기지 않았으면 그냥 학교에 가게 해야지 아침에 엄마가 허둥대면서 챙겨 주어서는 안됩니다. 물론 사전에 자녀와 이러한 약속은 반드시 해야 하며 잘 지켰을 경우에는 칭찬 뿐만 아니라 물질적인 보상계약도 맺는 것이 필요합니다. 자신의 잘못에 대한 책임을 지게 함으로써 스스로 자신의 행동을 반성하고 고쳐 나가게 해야 합니다.

자신감 있는 자녀로 키우기 위해서는 가정 내에서 해야 될 것과 해서는 안 될 것 등의 명확한 규칙을 정하고, 그 규칙 안에서 자율적으로 행동할 수 있는 기회를 주어야 합니다. 또한 부모가 따뜻함과 배려, 수용적인 태도를 가져야 합니다. 자녀가 잘 할 수 있는 부분이 무엇인지 스스로 발견할 수 있도록 도와야 합니다. 실패를 했을 때에도 부모는 그 과정에서 자녀가 노력한 것, 그리고 자녀의 의도를 파악해 격려해 주는 태도가 필요합니다.

자녀를 위한 기도

만물을 만드신 하나님!

자신이 얼마나 소중한 존재인지를 알고 스스로를 사랑하며 스스로의 앞날을 위해 준비하고 그 자신 뿐 아니라 이 사회에도 꼭 필요한 사람으로 자라게 하소서.

꿈을 포기하지 않고 끈기와 인내로 노력하게 하시고, 인생에서 참되고 소중한 것이 무엇인지 알게 하시며, 자신을 이 세상에 태어나게 하신 하나님의 거룩한 뜻을 깨달아 알게 하시고, 하나님을 영화롭게 하는 삶을 살아가게 하소서.

주어진 것에 감사하고, 하루하루를 소중히 여겨 시간을 유익하게 활용하게 하시고, 주위를 돌아보아 도움이 필요한 곳에 손을 펼치게 하시며, 너그러운 마음으로 다른 사람을 배려하게 하소서.

무엇보다 주님을 향한 믿음과 열정을 잃지 않게 하시고, 자신을 사랑하고 부모님을 사랑하며 더불어 이웃을 사랑하는 자녀로 자라게 하소서.

예수님의 이름으로 기도합니다. 아멘.

때리는 자녀, 맞는 자녀

예전처럼 예의를 중시하여 남에게 피해를 주는 일을 하면 안된다고 여겼던 시절에는 때리는 행동이 부모의 좀더 큰 걱정거리였다면, 요즈음은 '맞고 들어오는 것보다 때리는 게 낫다'고 생각들을 많이 합니다.

어떤 조사에 의하면 자녀가 공격적인 행동을 했을 때보다 위축되었을 때 부모들이 화난 감정을 더 많이 느낀다고 합니다. 특히 사내 자녀인 경우에는 어느 정도 공격적인 것이 더 좋다고 여기는 부모들이 많은 것을 보면, 자녀가 맞고 들어왔을 때 더 속상해 하는 부모들이 많은 것 같습니다.

하지만 때리는 자녀나 맞는 자녀나 사회성이 덜 발달되었다고 보아야 합니다. 사회성이란 한마디로 서로 서로 더불어 잘 지내는 능력인데, 때리는 자녀의 경우는 더불어 잘 지내는데 필요한 참을성이나 남을 배려하는 능력이 부족하고, 맞는 자녀의 경우는 자기주장과 대처능력이 부족한 것입니다.

먼저 때리는 자녀들의 경우, 그 부모들은 문제 상황이 일어났을 경우 똑같이 공격적인 방식으로 해결하는 경우가 많습니다. 예를 들어 자녀가 남을 때리거나 잘못을 하게 되면 부모는 그 벌로 자녀를 또 때리는 것입니다. 이럴 때 자녀는 또래와의 관계에서 문제해결 방법으로써 공격적인 행동을 사용하게 됩니다.

때로는 자녀의 공격적인 행동은 부모님의 관심을 얻기 위한 수단으로 사용되기도 합니다. 너무 부모가 엄격하여 자녀를 억압하게 되면, 자기보다 약한 사람을 보게 되면 공격적인 행동을 해서 대신 분풀이를 하는 경우도 있습니다. 또한 부모가 과보호로 무엇이든 다 들어주고 "네가 최고다"라는 식으로 양육할 경우, 자녀는 집단에서 자기 마음대로 되지 않으면 난폭한 행동을 하기도 합니다. 따라서 자녀가 남을 때리는 등의 공격적인 행동을 많이 할 때는 "우선 우리 자녀는 다혈질이라서…"라고 치부해 버릴 것이 아니라 부모 자신의 양육태도를 되돌아보는 자세가 필요합니다.

공격적인 자녀들의 대처방법으로는 물론 어려서부터 타인의 신체를 위협하거나 물건을 파괴하는 행위는 안된다는 것을 알려 주는 것이 필요합니다. 또한 그러한 행동을 했을 때에는 무조건 야단치고 비난하는 것이 아니라 부드러우면서도 단호하게 말해 주는 것이 좋습니다. 필요하다면 자녀가 화가 났을 때, 분풀이할 만한 대체물을 제시해 주는 것도 좋습니다. 예를 들어, 찰흙을 마구 반죽해 패대기친다거나, 큰 인형이나 베개를 주먹으로 내리칠 수도 있습니다. 어떤 집에서는 샌드백을 달아놓아 화날 때는 치게 하기도 합니다.

반대로 맞는 자녀들을 보면 대체로 자신감이 없고 주눅이 들어 대처

능력이 빈약한 자녀들이 많습니다. 이러한 자녀들은 평소에 부모에게 꾸중을 많이 듣거나 형제나 주변 자녀들과 비교당해 열등감을 갖는 경우가 많습니다. 자녀들이 가장 싫어하는 것이 비교당하는 것인데 주변의 자녀들이 다 자기보다 낫다고 생각되면 자녀는 당연히 또래관계에서 소극적인 태도를 취하게 됩니다.

또 부모가 너무 과잉보호하여 자녀 스스로 자신을 약한 존재로 느끼게 되면 또래의 공격적인 행동에 적절히 대처하지 못하게 됩니다. 따라서 이런 자녀들에게는 방어능력을 키워주는 것이 필요합니다. 하지만 이러한 방어능력은 자기 자신에 대한 자신감이 있어야만 적절히 발휘될 수 있는 것이기 때문에 하루아침에 생기는 것은 아닙니다. 자녀가 자신감을 가질 수 있도록 도와주면서, 한편으로는 자기주장 훈련을 조금씩 하도록 하는 것이 좋습니다.

자녀를 위한 기도

자비로우신 아버지 하나님!

요즘 자녀들의 세계에서도 폭력이 일어나서 몹시 걱정이 됩니다. 자라나는 자녀들이 하나님의 말씀으로 사랑을 깨달을 수 있는 기회를 허락하여 주소서.

　요즈음 부모들은 자녀들에게 맞고 들어오지 말라고 가르칩니다. 자녀들에게 올바른 사회성 지도를 감당하지 못하는 부모세대들을 용서하여 주소서.

　부모의 과보호로 인하여 자녀들이 자기만 알고, 자기의 욕구가 충족되지 아니하면 공격적인 행동을 하게 되는데, 부모로서의 우리 자신을 돌아보게 하시고, 자녀들이 바르게 자랄 수 있도록 돕는 부모들이 되게 하여 주소서.

　예수님의 이름으로 기도합니다. 아멘.

발표력이 떨어지는 자녀

예전에는 '침묵은 금이다' 하여 과묵한 스타일을 선호하고 말이 많으면 사람을 조금 가볍게 보는 경향까지 있었습니다. "모난 돌이 정 맞는다."는 속담과 같이 항상 중간 정도의 자녀를 선호했습니다. 하지만 이제는 자기 PR 시대라고 하여 과묵은 자기도태요 자기퇴화인 시대입니다. 너무 소심하여 친구들과 잘 어울리지 못하는 자녀는 왕따를 당하고, 당당하게 자기주장을 내세울 줄 모르는 자녀는 '정서장애'라는 굴레까지 쓰는 시대가 온 것입니다. 그래서 그런지 요즘 자녀들을 보면 참 말을 잘하는 것처럼 보입니다.

어른들이 보면 말도 많고 때로는 어른들도 못 당할 만큼 말대답도 꼬박꼬박해서 마치 말을 잘하는 것처럼 보이지만 정작 남들 앞에서 자신의 의견을 정확히 표현하지 못하는 경우가 많습니다. 즉 발표력이 부족한 것입니다.

발표력이란 타인 앞에서 자신의 주장이나 생각, 논리를 효과적으로 자신감 있게 전달하는 능력입니다. 따라서 말을 잘한다는 의미는 말의 내용이 조리가 있고 의미가 있으며, 말을 전달하는 태도나 목소리가 안정되어 상대방의 주의를 집중시켜 효과적으로 자신의 의견을 전달하는 것입니다. 즉 말의 내용 뿐 아니라 전달하는 방법이 적절히 갖추어진 것을 뜻합니다.

발표력이 떨어지는 자녀들의 유형도 여러 가지가 있습니다. 말을 많이 하기는 하는데 요점이 없이 장황한 경우나 기승전결이 불분명해 정리가 안되는 경우도 있고, 발표할 때 목소리가 기어들어가 알아듣기 힘들거나, 발표만 하게 되면 가슴이 뛰면서 얼굴 빨개지고 아무 생각도 안나 말을 더듬거나 말도 못하는 경우도 있습니다.

발표력이 부족한 자녀는 수줍음이 많고 자신감이 적고 소심한 면이 많습니다. 대체적인 특성을 보면 새로운 상황에 적응하는데 시간이 좀 걸리는 편이고, 자기주장이나 대처능력이 부족하며, 친한 사람들과는 별 어려움 없이 이야기하는데 사람들이 많아지거나 낯선 사람들 앞에서는 이야기를 잘 못하고 쉽게 무안해 합니다. 이렇게 발표력이 부족하다보면 자꾸 '나는 못 한다', '나는 부족하다'고 느껴서 주눅이 들고 낙담하게 되어 정서적, 사회적으로 위축될 뿐 아니라, 활동에 대한 동기도 떨어져 학습의욕도 저하될 수 있습니다. 사실 학교에서 발표를 잘하는 자녀는 교사나 또래로부터 인정받기 때문에, 공부는 잘해도 발표력이 부족하다보면 사실은 그렇지 않지만 자녀는 스스로 바보스럽게 느끼게 되어 부정적인 자아상을 갖게 될 수도 있습니다. 이렇게 발표력이 부족한 자녀들을 위하여 부모들은 웅변학원 같은 곳을 많이 보내는데 웅변학원 같은 곳에서 주어진 글을 기계적으로 암기하여 읽는 것은 그다지 큰 도움이 되지 않습니다. 또한 자녀가 작은 소리로 말한다고 야단치거나 크게 다시 말해보라고 다그치는 것도 자녀의 자신감을 더 줄일 수 있기 때문에 좋지 않은 방법입니다. 그리고 자녀가 말을 하는 도중 부모가 말을 끊거나, 자녀가 할 말을 부모가 미리 적거나 외우게 하여 발표토록 하는 것도 도움이 되지 않습니다.

발표력이 떨어지는 경우는 대부분 자신감 부족이 원인인 경우가 많습니다. 따라서 다른 사람들 앞에서 말을 많이 해보고 자신의 의사를 표현할 기회를 많이 가진 자녀들이 발표력이 향상될 수 있기 때문에, 자녀가 지금 당장은 발표력이 미숙하더라도 발표할 수 있는 기회를 많이 주는 것이 필요합니다. 처음부터 많은 사람들 앞에서 발표하는 것은 긴장감을 유발할 수 있으므로 일단 가족이나 친한 사람들 앞에서부터 발표하는 기회를 주는 것이 좋습니다. 가족식사 시간이나 식사가 끝난 후에 가족이 한자리에 모여 그날 있었던 일을 주고받는 시간을 정기적으로 갖는 것도 좋은 방법입니다. 하지만 여기서 주의할 점은 항상 자녀가 가장 좋아하고 관심 있는 이야기 주제를 선택해야만 합니다.

또 자녀가 이야기를 시작했을 때는 부모가 자녀의 표현에 잘 경청해 주고, 긍정적인 반응을 해 주는 것이 필요합니다. 사소한 이야기일지라도 자신의 의견을 언어로 표현할 수 있도록 격려해 주고 가정에서 가족 간의 대화의 시간을 많이 갖는 것이 필요합니다. 또래나 주변 사람들과 자주 접촉하는 시간을 늘려 타인과도 적절히 의사소통할 수 있는 기회를 많이 제공해 주면 자기 표현력이 늘어서 발표도 잘하게 될 것입니다.

자녀를 위한 기도

용기를 주시는 하나님!

우리 자녀가 너무 소심하여 친구들과 잘 어울리지 못하고, 당당하게 자기주장도 하지 못합니다.

부모에게는 말대답도 꼬박꼬박하고, 말을 잘하는 것처럼 보이지만 남들 앞에서 자신의 의견을 정확히 표현하지 못하는 경우가 많습니다.

사람들 앞에서 '나는 못한다', '나는 부족하다'고 느껴서 주눅이 들거나 낙담하지 않도록 하시고, 용기와 자신감을 주셔서 자기의 생각이나 의견을 조리 있게 말할 수 있게 하소서.

연약할 때 도움이 되시는 주님의 이름으로 기도합니다. 아멘.

열매 맺는 자녀가 되도록

성경에 보면, "못된 열매 맺는 좋은 나무가 없고 또 좋은 열매 맺는 못된 나무가 없느니라. 나무는 각각 그 열매로 아나니 가시나무에서 무화과를, 또는 찔레에서 포도를 따지 못하느니라."는 말씀이 있습니다. 이것은 열매가 나무의 모든 것을 입증하는 결정체이라는 것입니다.

탈무드에 이런 이야기가 나옵니다.

한 노인이 뜰에서 묘목을 심고 있는데, 마침 그곳을 지나가던 사람이 그것을 보고 노인에게 물었습니다. "노인께서는 그 나무에서 언제쯤 열매가 열릴 거라고 생각하십니까?" "칠십 년쯤 지나면 열리겠지." 노인은 대답했습니다. "노인장께서는 그때까지 사실 수 있을까요?" 하고 그가 묻자 노인은 이렇게 대답했습니다. "물론 그때까지 살 수 없겠지. 하지만 그런 게 아니야. 내가 태어났을 때 과수원에는 열매가 풍성했지. 그것은 내가 태어나기 전에 아버지가 나를 위해 씨앗을 뿌렸기 때문이지. 내 경우도 그렇다네."

열매를 보면 그 나무의 종류와 품질의 문제를 말할 수 있습니다. 물론 모든 나무는 하나님이 선하신 목적으로 만든 아름다운 피조물이지만 여기서의 비유는 사람들과의 관계에서 나무를 보는 시각적 비유입니다. 사람이 먹을 수 없는 나쁜 열매나 썩은 열매는 그 열매 맺은 나무의 종류나 품질의 가치가 얼마나 나쁜 것인가를 결정해 줍니다. 또한 사람들이 먹을 수 있는 열매와 고품질의 열매는 그 열매 맺는 나무의 종류와 얼마나 좋은 품종인가를 보여주는 가감할 수 없는 증거가 됩니다. 그래서 나무마다 그 나무가 어떤 나무인지 그 나무의 열매로 알 수 있다고 하는 것입니다. 이와 같이 사람도 선한 사람과 악한 사람으로 구분할 수 있는데, 이런 사람의 종류는 태어날 때부터 결정된 것은 아닙니다. 나무의 내적 상태가 열매로 나타나듯이 사람의 마음 속에 있는 말이나 행동, 삶의 자세와 같은 것들이 밖으로 나타납니다. 그래서 그것이 밖으로 나타나게 됨으로써 선한 사람이나 혹은 악한 사람으로 구분되어지는 것입니다.

자녀를 위한 기도

언제나 다정하신 주님!

무슨 일을 하든지 시작부터 끝까지 주님께서 함께 하셔서 실망하지 않고 꿋꿋이 주님의 뜻을 깨달을 수 있는 지혜를 주소서. 노력이 없는 결과를 추구하지 않게 하시고, 땀이 없는 결실을 바라는 어리석음이 없게 하셔서 뿌린 대로 거두는 정직한 마음을 주소서.

언제나 진리의 말씀을 가르쳐 주시고, 늘 함께 하시어 옳고 좋은 것을 배우며, 또한 배운 것을 행동으로 실천할 수 있도록 도와주소서.

아름다운 사랑과 희락, 화평, 오래 참음, 자비, 양선, 충성, 온유, 절제의 열매가 맑은 영혼에 자라게 하시고, 성령의 사람에게서 나타나는 이 아름다운 인격이 자녀들 속에 자리 잡아 예수님을 닮은 모습으로 자라 풍성한 열매를 맺는 삶이 되게 하여 주소서.

예수 그리스도의 이름으로 기도합니다. 아멘.

제3부
잠언의 교훈 세 편

올바른 신앙교육

잠언 22:4-6

"겸손과 여호와를 경외함의 보응은 재물과 영광과 생명이니라 패역한 자의 길에는 가시와 올무가 있거니와 영혼을 지키는 자는 이를 멀리 하느니라 마땅히 행할 길을 자녀에게 가르치라 그리하면 늙어도 그것을 떠나지 아니하리라"

페스탈로찌는 "지식만의 머리 학교와 기술만의 손 학교는 많으나 사람 자체를 가르치는 심장 학교는 없다."는 말을 했습니다. 그 이유는, 오늘날 교육이 돈이나 벌어들이는 기술자를 만드는 교육으로 전락하고 있기 때문입니다.

그러나 한 가지 소망이 있습니다. 그것은 신앙교육입니다. 이 교육만이 유일한 방법이며 참 교육인 것입니다. 그런데 오늘날 신앙교육도 점점 힘을 잃어가고 있습니다. 그렇다면 올바른 신앙교육은 어떤 것입니까?

첫째, 마땅히 행할 길을 가르쳐야 합니다.

"마땅히 행할 길을 자녀에게 가르치라"고 했는데, "마땅히 행할 길이 무엇입니까?" 그것은 가장 중요하고 기본적인 하나님의 말씀인 성경을 가르치는 교육인 것입니다.

유대인들은 어머니가 임신을 하면 바로 태아 교육을 시작한다고 합니다. 성경을 날마다 암송하고 낭독하여 그 말씀이 그 자녀들에게 전달되도록 철저히 하나님의 말씀 안에 거하게 했습니다.

유대인들의 격언 가운데 "어머니의 젖과 함께 율법을 따랐다"는 말이 있습니다. 유대인들은 자녀가 태어나면 귓가에 성경을 읽어 줍니다. 그리고 그 자녀가 말과 글을 알게 되면 하루 동안에 일정한 분량의 성경을 읽게 하고 반드시 또 암송을 하게 하였습니다. 18세가 되면 율법에 대한 시험을 보는데 율법의 중요한 것은 아주 암송하고 통달을 해 버립니다. 그렇게 가르치라는 것입니다. 이것이 "참 교육"입니다.

디모데후서 3:15에, "또 네가 어려서부터 성경을 알았나니 성경은 능히 너로 하여금 그리스도 예수 안에 있는 믿음으로 말미암아 구원에 이르는 지혜가 있게 하느니라."고 하였습니다.

어려서부터 가정에서 어떻게 교육을 받느냐에 따라서 그 사람의 인격이 형성됩니다.

구세군의 어머니로 추앙받는 부라우닝 부인은 8남매를 위대하게 키운 비결을 물을 때, "그것은 언제나 악마보다 앞서는 까닭입니다. 사단이 그 자녀를 유혹하기 전에 성경을 가르쳤기 때문입니다."라고 대답했다고 합니다. 사단이 자녀를 유혹하기 전에 성경을 집어 넣는 것이 바로 성경 교육인 것입니다. 어려서부터 하나님 중심, 교회 중심, 성경 중심을 가르치는 것이 성경의 의도요, 그것이 성경이 말하는 교육의 출발이요, 교육의 과정입니다. 이것이 바로 마땅히 행할 길입니다.

둘째, 징계로 가르쳐야 합니다.

히브리서 12:5-6에, "또 아들들에게 권하는 것같이 너희에게 권면하신 말씀을 잊었도다 일렀으되 내 아들아 주의 징계하심을 경히 여기지 말며 그에게 꾸지람을 받을 때에 낙심하지 말라 주께서 그 사랑하시는 자를 징계하시고 그의 받으시는 아들마다 채찍질하심이니라 하였으니"라고 하였습니다.

여기서 '징계'란 훈계를 말합니다. 이것은 폭력을 뜻하는 것이 아닙니다. 훈계는 사랑의 매입니다. 사랑의 책망입니다. 이것은 교육적인 수단이며, 사랑을 수반합니다.

에베소서 6:4에는, "또 아비들아 너희 자녀를 노엽게 하지 말고 오직 주의 교양과 훈계로 양육하라"고 하였습니다. 훈계란 말의 원뜻은 '배운다'는 뜻입니다.

이스라엘 백성들이 잘못했을 때 하나님은 한 번도 그냥 두지 아니하셨습니다. 여러 방법을 통해 책망을 하셨습니다. 어려움을 당하고, 대적이 쳐들어오고, 비를 내리지 않고, 재앙을 내려 깨닫게 했습니다. 그래도 말을 듣지 않으면 앗수르나 바벨론 등 이방 나라를 사용하여 망하게 합니다. 그러나 회개하고 돌아오면 다시 회복시켜 주시는 하나님이십니다. 하나님은 이렇게 강하게 이스라엘 백성들을 징계하시며 훈계하셨습니다.

오늘날 자녀들이 우상이 되어 버렸습니다. 가정에서 제일 높은 사람이 자녀들입니다. 자녀들을 훈계로 가르치고 다스려야 합니다.

히브리서 12:6에, "주께서 그 사랑하시는 자를 징계하시고 그의 받으시는 아들마다 채찍질하심이니라 하였으니", 사랑하기 때문에 훈계하고 채찍질하는 것입니다. 징계를 받고 훈계를 받을 때 하나님의 사랑을 그때야 비로소 깨닫게 되고, 더욱 하나님께 순종하게 됩니다. 훈계가 없으면 복종을 하지 않습니다. 지혜로 가르치는 것이 바로 부모가 마땅히 행해야 할 일입니다.

자녀들을 하나님의 말씀으로 매일 먹게 하고 부모가 한 번 말하면 순종하는 자녀로 길러야 합니다. 훈계로 잘 길러서 큰 기업이 되게 하시길 주님의 이름으로 축원합니다.

셋째, 교회를 통해서 가르쳐야 합니다.

유대인들은 자녀를 가르칠 때, 성경을 가르칠 때 회당에서 철저히 교육을 시킵니다. 이것이 교회 교육의 진정한 의미입니다.

마태복음 16:18에, "또 내가 네게 이르노니 너는 베드로라 내가 이 반석 위에 내 교회를 세우리니 음부의 권세가 이기지 못하리라"고 했습니다.

사단은 모든 것을 다 지배했습니다. 그러나 음부의 권세가 이기지 못하는 곳이 있는데 바로 교회입니다. 이스라엘 백성들은 회당, 즉 성전에서의 교육을 가장 귀하게 여기고 중요시 여깁니다. 마찬가지로 교회를 가장 귀하게 여겨야 합니다. 교회 안에만 구원이 있습니다.

교회는 천국의 모형이고, 예수님이 머리이시고, 우리는 그의 지체입니다. 교회는 신앙교육의 요람인데 말씀과 기도와 찬송이 있어야 합니다. 말씀과 기도와 찬송을 통한 교육이 위대한 지도자들을 배출했고 이러한 사람들을 통해 하나님은 이 세상을 이끌어 나가도록 맡기셨습니다.

이 교회 교육 외에 다른 방법은 없는 것입니다. 오늘날 자녀들로 하여금 교회를 떠나게 하고 있습니다. 공부, 과외, 야유회 등 그래서 자녀들이 교회를 중요시 여기지 않습니다.

교회가 세상을 따라가면 타락하게 됩니다. 자녀들을 가르치는 것은 교회 교육 외에 다른 방법이 없습니다. 교사들은 색다른 방법을 동원할 필요가 없습니다.

우리의 자녀들은 하나님이 주신 기업입니다. 그 기업을 내가 망하게도 할 수 있고, 그 기업을 흥하게도 할 수 있습니다. 그 기업을 잡초가 되게도 할 수 있고, 그 기업을 아름다운 정원으로 만들 수도 있습니다. 성경이 자녀들을 지키고, 성경 안에서 문제의 해결함을 받고, 기쁨을 얻는 신앙교육을 하기를 원합니다.

성경과 자녀교육

잠언 23:13-14

"자녀를 훈계하지 아니치 말라 채찍으로 그를 때릴지라도 죽지 아니하리라 그를 채찍으로 때리면 그 영혼을 음부에서 구원하리라"

부모는 자녀들을 낳아서 잘 키우고 교육시켜서 훌륭하게 살게 할 책임이 있습니다. 그래야 가정이 행복하고 사회가 안정되며 나라가 발전할 수 있는 것입니다. 그것이 국가와 사회에 크게 이바지하는 길입니다.

청소년이 방황하고, 타락하고, 범죄가 늘어나고, 사회가 악해진 것은 일차적으로 부모에게 책임이 있습니다. 우리는 그동안 자녀를 너무나 잘못 가르쳐 왔습니다. 성경은 우리에게 자녀를 어떻게 가르칠 것인가에 대한 지침을 주고 있습니다. 그렇다면 성경이 말하는 자녀교육은 과연 어떤 것일까요?

첫째, 사랑과 훈계로 교육해야 합니다.

부모는 자녀를 사랑으로 길러야 하지만, 자녀에 대한 올바른 사랑을 실천할 수 있어야 합니다. 사랑은 그저 보호만 해 주는 것이 아닙니다. 사랑은 훈련을 시키는 것이며, 거기에는 체벌이 따르게 됩니다.

성경은 분명히 "자녀를 훈계하지 아니치 말라 채찍으로 그를 때릴지라도 죽지 아니하리라 그를 채찍으로 때리면 그 영혼을 음부에서 구원하리라"(잠 23:13–14)고 말씀해 주고 있습니다.

부모는 사랑과 공평의 마음으로 자녀를 양육해야 합니다. 잘한 것은 칭찬해 주고, 못한 것은 체벌을 통해 분명히 가르쳐 주어야 합니다. 자녀들은 무엇이 잘못인가를 뼈저리게 깨달을 때 그것을 다시 행하지 않게 됩니다. 잘못을 교정하기 위해서 체벌하는 것이 바로 진정한 사랑이요 성경의 가르침인 것입니다.

성경에 "초달을 차마 못하는 자는 그 자식을 미워함이라 자식을 사랑하는 자는 근실히 징계하느니라"(잠 13:24)고 했습니다. 그러나 체벌을 하는데 있어서 절대로 감정으로 해서는 안됩니다.

또한 부모는 자녀에게 끊임 없는 관심을 보여 주어야 합니다. 미움보다 더 무서운 것은 무관심입니다. 자녀들과 함께 이야기를 나누며, 그들에게 관심을 가져주고 건전한 자존심을 심어 주는 것이 바로 부모가 할 일인 것입니다.

둘째, 신앙의 모범을 보여야 합니다.

가정의 환경은 자녀에게 절대적인 영향을 끼칩니다. 그러므로 자녀를 올바로 키우기 위해서는 부모가 먼저 자녀에게 모범된 생활과 신앙을 보여 주어야 합니다. 예배의 모범, 기도의 모범, 찬양의 모범, 전도의 모범, 교회에서의 봉사와 헌신의 모범, 하나님께 예물을 드리는 모범까지도 본을 보여 주어야 하는 것입니다.

성경인물 가운데 "거짓 없는 참된 믿음"의 소유자였던 디모데는 사도 바울의 동역자가 되어서 여러 차례 전도여행을 다녔으며, 바울이 로마의 감옥에 갇히는 곳까지 따라갔던 신실한 복음의 일꾼이었습니다. 바울은 그를 가리켜 "사랑하고 신실한 아들, 믿음 안에서 참 아들"이라고 말하며 칭찬을 아끼지 않았습니다. 디모데가 이처럼 훌륭한 신앙인이 될 수 있었던 것은 그가 본받을 수 있었던 그의 모친과 외조모의 모범된 생활이 있었기 때문이었습니다.

부모는 스스로 행함으로 자녀를 가르쳐야 합니다. 이에 대해 성경은 "마땅히 행할 길을 자녀에게 가르치라 그리하면 늙어도 그것을 떠나지 아니하리라"(잠 22:6)고 말씀하고 있습니다. 여기에서 '가르치라'는 말은 '훈련시키라'는 뜻입니다. 훈련을 시키려면 훈련시키는 사람이 먼저 시범을 보여야 하는 것입니다. 또한 부모는 자녀를 가르칠 때 원만한 접촉과 대화를 통해서 해야 하며, 주의 교양과 훈계(엡 6:4)로 가르쳐야 합니다.

셋째, 기도로 하나님께 맡겨야 합니다.

한나는 기도로 얻은 아들 사무엘을 하나님의 성전에 맡겼습니다. 사무엘은 젖을 떼자마자 어린 나이에 성전에 맡겨졌던 것입니다. 한나는 사무엘을 성전에 맡기면서 하나님께 정성껏 제물을 바쳤으며, 찬양과 감사와 고백의 기도를 드렸습니다.

어린 사무엘은 세상의 것을 접하기 전부터 하나님의 집에서 엘리 제사장을 도우면서 오직 하나님의 말씀과 법도를 배웠고, 거룩히 구별된 사람으로 자라게 되었습니다. 헌신과 거룩한 생활 속에서 그는 하나님께서 부르시는 음성을 들었으며, 하나님이 함께 해 주셨고, 하나님의 권위를 가지게 되었습니다. 그러자 그의 이름과 인품이 온 나라에 알려지게 되었습니다.

우리도 자녀들을 교회에 맡겨야 합니다. 하나님께 맡긴다는 것은 곧 교회에 맡긴다는 것입니다. 우리의 자녀를 교회학교에 보내어 하나님의 말씀으로 양육을 받고, 사랑 안에서 서로 교제하도록 해야 합니다. 우리 자녀는 또한 하나님의 자녀이기도 합니다. 그러므로 우리는 그들을 온전히 하나님께 맡기고, 청지기와 같은 마음으로 그들을 위해 기도해 주어야 할 것입니다.

사람들은 세상이 많이 변하여 예전과 같지 않다고 말합니다. 사회가 점점 악해져가고 자녀들은 더욱 말을 안 듣는다고 합니다. 그러나 이런 말을 하기 전에 우리는 먼저 자신을 돌아보아야 합니다.

자녀는 부모의 거울입니다. 거울로 보는 자기 모습은 현재의 겉모습만 보이지만, 자녀를 통해서 자기를 바라보면 자신의 과거와 속마음까지도 엿볼 수 있습니다. 왜냐하면 우리의 행동이 그들에게 그대로 비추어지고 있으며, 그들의 삶 속에 지대한 영향력을 미치고 있기 때문입니다.

그러므로 부모인 우리가 먼저 변화되어야 합니다. 사랑의 부모, 공평하게 자녀를 훈계하고 교육시킬 수 있는 부모, 삶의 본 특히 신앙의 본을 보여 줄 수 있는 부모, 항상 기도해 주는 부모가 되어야 합니다. 그런 부모가 될 때, 우리의 자녀들은 잘못된 길로 갈 수가 없으며, 혹시 잘못된 길로 갔을지라도 다시 바른 길로 되돌아올 수 있습니다.

사무엘이 어머니 한나의 기도로 훌륭한 하나님의 일꾼이 될 수 있었듯이, 우리도 우리의 자녀들을 하나님께 맡기고 성경의 가르침대로 잘 길러서 그들이 사회에 이바지하고 국가에 충성하는 참된 일꾼으로 자랄 수 있도록 합시다.

아버지와 어머니의 존재

잠언 23:25

"네 부모를 즐겁게 하며 너 낳은 어미를 기쁘게 하라 내 아들아 네 마음을 내게 주며 네 눈으로 내 길을 즐거워할지어다"

세상에서 제일 존귀한 이름, 제일 위대한 이름, 아무리 불러도 또 부르고 싶은 이름은 "아버지, 어머니"라는 이름입니다. 아무리 못나고 못된 사람도 아버지, 어머니가 있기 때문에 태어났습니다.

그런데 안타까운 것은 부모를 위해서, 부모가 되기 위해서, 훌륭한 부모가 되기 위해서 애쓰고, 수고하고, 포기하고, 희생하는 사람들이 너무나 적다는 것입니다.

아버지와 어머니란 어떤 존재인지 살펴봄으로 누구누구의 아버지와 어머니, 누구누구의 자녀라고 하는, 아들이고 딸이라고 하는 영광과 기쁨을 다시 회복하는 우리 모두가 됩시다.

첫째, 생명의 수여자인 아버지와 어머니

아버지와 어머니는 생명의 수여자입니다. 부모와 자녀의 관계는 생명의 관계인 것입니다. 그 사이에 부모의 돈이나 자녀의 성적이 끼어서는 안 되는 것입니다. 그런데 오늘날 부모와 자녀들은 생명의 관계로 만나지 못하고 있는 것이 너무나 안타깝습니다.

아버지, 어머니는 하나님께서 택하신 생명의 수여자인 것입니다. 부모와 자녀의 관계는 동물들처럼 종족 번식의 관계가 아닌 것입니다. 또 불신자들처럼 부부 관계의 결과만도 아닌 것입니다. 부모와 자녀의 관계는 생명의 주관자가 되시는 하나님의 주권과 뜻 안에서, 하나님의 뜻에 의해서 이루어진 생명 창조의 역사입니다.

하나님은 아버지와 어머니를 세우셔서 거룩한 생명 창조의 역사를 진행해 나가시며, 경건한 자손을 얻으시는 것입니다. 남자와 여자가 만나서가 아니라, 아버지와 어머니를 통해서 생명을 태어나게 해 주시고, 아버지와 어머니를 통해서 경건한 자손을 얻으신다는 말씀입니다.

그러므로 아버지, 어머니로 부름 받은 이들은 지금 하나님의 놀라운 생명 창조의 역사에 동참해서 쓰임 받겠다는 자부심을 갖고, ‘하나님은 이 세상에 하나님의 형상과 모양대로 지음 받은 사람을 태어나게 하시기 위하여 하나님은 아버지인 나를, 어머니인 나를 쓰시는구나. 하나님이 사용하시는구나. 하나님의 일에 내가 동참하고 있구나.’ 그런 자부심을 가져야 된다는 말입니다.

또 우리의 자녀들을 하나님의 생명을 소유한 아버지와 어머니로 길러야 됩니다. 우리는 사람을, 자녀를 태어나게 할 뿐만 아니라, 정말로 하나님의 생명을 소유한 아버지, 어머니로 길러야 합니다.

둘째, 신앙의 전수자인 아버지와 어머니

성경과 교회사를 살펴보면 위대한 신앙의 위인들 뒤에는 위대한 신앙의 아버지와 어머니가 있습니다. 육신의 부모 뿐만 아니라, 영적인 아버지와 어머니가 있어서 우리의 신앙을 위해서 생명을 걸고 기도하는 사람들이 분명히 있는 것입니다. 우리에게 신앙을 물려주고, 신앙의 자유를 보장해 주신 그분들께 우리는 감사하고, 우리 역시 자녀들에게 신앙을 물려줘야 될 것입니다.

가장 위대한 아버지, 어머니는 자녀를 내 자녀가 아니라 하나님의 자녀로 키우는 사람입니다. 누가 위대한 아버지입니까? 누가 위대한 어머니입니까? 내가 낳았다고, '내 자식. 내 자식. 내 자식'만으로가 아니라 하나님의 자녀로 키운 사람, 이런 사람이 위대한 아버지, 위대한 어머니인 것입니다.

하나님의 자녀로 키우면 그 사람은 자기만을 위해 살지 않습니다. 이기주의적으로 살지 않습니다. 자기 가족만을 위해 살지 않습니다. 자기를 사랑할 뿐 아니라 가족을 사랑합니다. 이웃을 사랑합니다. 그 사회를 사랑합니다. 민족을 사랑합니다. 세계를 품을 수 있습니다. 더군다나 하나님을 사랑하고, 하나님의 일에 동참하면서 하나님의 영광을 위해서 어떤 일에도 감사하면서 살아갈 수 있습니다. 내 자녀가 아닌 하나님의 자녀로 우리들의 자녀를 교육시키고 키우는 우리 모두가 됩시다.

자녀를 신앙인으로 키우려면 모세의 어머니인 요게벳처럼 생명을 걸고 지킨다는 결단이 있어야 됩니다. 사무엘의 어머니인 한나처럼 생명을 건 기도가 있어야 됩니다.

셋째, 삶의 인도자인 아버지와 어머니

"효자 집에 효자 난다.", "집에서 새는 바가지, 나가서도 샌다."고 그랬습니다. 그러나 우리는 그것을 버려야 합니다. '집에서 안 새는 바가지, 나가서도 안 샌다', '집에서도 효자, 학교에 가서도 효자', '집에서 효자, 직장에 가서도 효자', '집에서 효자, 교회에서도 효자', '집에서 효자, 나라에서도 효자'가 되는 것입니다.

가난해도 아버지는 아버지입니다. 가난해도 어머니는 어머니입니다. 당당하게 부모는 자녀를 가르쳐야 합니다. 또 자녀들의 삶을 하나님이 보시기에 합당한 길로 인도하는 부모가 되어야 할 것입니다. 또 자녀의 삶을 바른 길로 인도하기 위해서는 탕자의 아버지와 같은 마음을 가져야 합니다. 탕자의 아버지는 무조건적으로 자신의 뜻만을 강요하지 않았습니다. 반대로 작은 아들을 쉽게 포기하지도 않았습니다. 아들이 재산을 낭비하고, 시간을 허비하더라도 스스로 돌이켜 바른 길을 갈 때까지 기다려

주었습니다. 그가 돌아왔을 때 무조건적으로 사랑하고 받아 주었습니다. 그를 책망하지 않았습니다. 죄를 묻지 않았습니다. 무조건 사랑하였습니다. 무조건 받아 주었습니다.

부모의 기도와 사랑으로 크는 자녀는 설령 잘못되었다고 하더라도, 먼 길로 나갔다고 할지라도 반드시 하나님의 품으로, 가족의 품으로, 부모의 품으로 돌아오게 됩니다.

아버지와 어머니는 자신의 모든 것을 다 바쳐서 자녀된 우리들을 변함없이 사랑하셨습니다. 끝까지 믿어 주고 계십니다. 영원한 나라의 소망을 주셨습니다. 이 땅의 모든 아버지, 어머니들에게, 그 뿐이 아닙니다. 하나님 아버지께 효를 행하는, 순종하고 말씀을 실천하는 부모가 됩시다.

자녀를 성공시키는

부모님의 테마기도

지은이 : 박응순
펴낸이 : 채주희
펴낸곳 : 엘맨출판사
초판1쇄 : 2011. 5. 2

서울 마포구 신수동 448=6
출판등록 제10-1562(1985. 10. 29)
Tel. 02-323-4060
Fax. 02-323-6416

값 12,000원

저자와 협의하여 인지를 생략함.